我想做一个

能在你的葬礼上

描述你一生的人

③

季羡林 等著

台海出版社

不是所有离开都曲终人散

活着的人有回忆，离开的人有眷恋

目录 Contents

第一章

都知欢聚最难得，难耐别离多

我无论如何也回忆不起母亲的笑容来，
她好像是一辈子都没有笑过。
家境贫困，儿子远离，
她受尽了苦难，笑容从何而来呢？
母亲不知有多少日日夜夜，
眼望远方，盼望自己的儿子回来啊！
然而这个儿子却始终没有归去，
一直到母亲离开这个世界。

第二章
爱是一个个不连续的微小瞬间

母亲得暇便取出一个大簸箩，
里面装的是针线剪尺一类的缝纫器材，
她要做一些缝缝连连的工作，
这时候我总是一声不响地偎在她的身旁，
她赶我走我也不走，有时候竟睡着了。
母亲说我乖，也说我孤僻。
如今想想，一个人能有多少时间可以偎在母亲身旁？

第三章

不是所有离开都曲终人散

他这几年来想用心血浇灌的花树也许是枯萎的了；
但他的同情、他的鼓舞，
早又在别的园地里种出了无数的可爱的小树，
开出了无数可爱的鲜花。
他自己的歌唱有一个时代是几乎消沉了；
但他的歌声引起了他的园地外无数的歌喉，
嘹亮的唱，哀怨的唱，美丽的唱。

第四章

我愿把时间给你，这是一切爱的原型

我很希望我们的前途是光明的——
我并不希冀人间的幸福，
我只求我奔赴未尽的途程时有一个同伴的人就够了。
如果连这一点希冀也得不到，
我就愿意这途程尽量的缩短，短到不能再短为止。

第五章
待归来时话衷肠，不必诉离殇

我不愿送人，亦不愿人送我。
对于自己真正舍不得离开的人，离别的那一刹那像是开刀，
凡是开刀的场合照例是应该先用麻醉剂，使病人在迷蒙中度过那场痛苦，
所以离别的苦痛最好避免。
一个朋友说：
"你走，我不送你；你来，无论多大风多大雨，我要去接你。"
我最赏识那种心情。

第一章

都知欢聚最难得，难耐别离多

我无论如何也回忆不起母亲的笑容来，
她好像是一辈子都没有笑过。
家境贫困，儿子远离，
她受尽了苦难，笑容从何而来呢？
母亲不知有多少日日夜夜，
眼望远方，盼望自己的儿子回来啊！
然而这个儿子却始终没有归去，
一直到母亲离开这个世界。

赋得永久的悔 / 季羡林

题目是韩小蕙女士出的，所以名之曰"赋得"。但文章是我心甘情愿作的，所以不是八股。

我为什么心甘情愿作这样一篇文章呢？一言以蔽之，题目出得好，不但实获我心，而且先获我心：我早就想写这样一篇东西了。

我已经到了望九之年。在过去的七八十年中，从乡下到城里，从国内到国外，从小学、中学、大学到洋研究院，从"志于学"到超过"从心所欲不逾矩"，曲曲折折、坎坎坷坷，既走过阳关大道，也走过独木小桥；既经过"山重水复疑无路"，又看到"柳暗花明又一村"，喜悦与忧伤并驾，失望与希望齐飞，我的经历可谓多矣。要讲后悔之事，那是俯拾即是。要选其中最深切、最真实、最难忘的悔，也就是永久的悔，那也是唾手可得，因为它片刻也没有离开过我的心。

我这永久的悔就是：不该离开故乡，离开母亲。

我出生在鲁西北一个极端贫困的村庄里。我们家是贫中之贫，真可以说是贫无立锥之地。我祖父母早亡，留下了我父亲等三个兄弟，孤苦伶仃，无依无靠。最小的一叔送了人。我父亲和九叔饿得没有办法，只好到别人家的枣林里去捡落到地上的干枣充饥。这当然不是长久之计。最后兄弟俩被逼背井离乡，盲流到济南去谋生。此时他俩也不过十几二十岁。在举目无亲的大城市里，必然是经过千辛万苦，九叔在济南落住了脚。于是我父亲就回到了故乡，说是农民，但又无田可耕。又必然是经过千辛万苦，九叔从济南有时寄点钱回家，父亲赖以生活。不知怎么一来，竟然寻（读若 xín）上了媳妇，她就是我的母亲。母亲的娘家姓赵，门当户对，她家穷得同我们家差不多，否则也绝不会结亲。她家里饭都吃不上，哪里有钱、有闲上学。所以我母亲一个字也不识，活了一辈子，连个名字都没有。她家是在另一个庄上，离我们庄五里路。这个五里路就是我母亲毕生所走的最长的距离。

后来我听说，我们家确实也"阔"过一阵。大概在清末民初，九叔在东三省用口袋里剩下的最后的五角钱，买了十分之一的湖北水灾奖券，中了奖。兄弟俩商量，要"富贵而归故乡"，回家扬一下眉，吐一下气。于是把钱运回家，九叔仍然留在城里，乡里的事由父亲一手张罗。他用荒唐离奇的价钱，买了砖瓦，盖了房子。又用荒唐离奇的价钱，置了一块带一口水井的田地。一时兴会淋漓，真正扬眉吐气了。可惜好景不长，我父亲又用荒唐离奇的方式，仿佛宋江一样，豁达大度，招待四方朋友。一转瞬间，盖成的瓦房又拆了卖砖，卖瓦。有水井的田地也改变了主人。全家又回归到原来的情况。我就是在这个时候，在这样的情况下降生到人间来的。

母亲当然亲身经历了这个巨大的变化。可惜，当我同母亲住在一起的时候，我只有几岁，告诉我，我也不懂。所以，我们家这一次陡然上升，又陡然下降，只像是昙花一现，我到现在也不完全明白。这个谜恐怕要成为永恒的谜了。

不管怎样，我们家又恢复到从前那种穷困的情况。后来听人说，我们家那时只有半亩多地。这半亩多地是怎么来的，我也不清楚。一家三口人就靠这半亩多地生活。城里的九叔当然还会给点接济，然而像中湖北水灾奖那样的事儿，一辈子一次也不算少了，九叔没有多少钱接济他的哥哥了。

家里日子是怎样过的，我年龄太小，说不清楚。反正吃得极坏，这个我是懂得的。按照当时的标准，吃"白的"（指麦子面）最高，其次是吃小米面或棒子面饼子，最次是吃红高粱饼子，颜色是红的，像猪肝一样。"白的"与我们家无缘。"黄的"（小米面或棒子面饼子颜色都是黄的）与我们缘分也不大。终日为伍者只有"红的"。这"红的"又苦又涩，真是难以下咽。但不吃又害饿，我真有点谈"红"色变了。

但是，小孩子也有小孩子的办法。我祖父的堂兄是一个举人，他的夫人我喊她奶奶。他们这一支是有钱有地的。虽然举人死了，但家境依然很好。我这一位大奶奶仍然健在。她的亲孙子早亡，所以把全部的钟爱都倾注到我身上来。她是整个官庄能够吃"白的"的仅有的几个人中之一。她不但自己吃，而且每天都给我留出半个或者四分之一个白面馍馍来。我每天早晨一睁眼，立即跳下炕来向村里跑，我们家住在村外。我跑到大奶奶跟前，清脆甜美地喊上一声："奶奶！"她立即笑得合不上嘴，把手缩回到肥大的袖子，从口袋里掏出一小块馍馍，递给我，这是我一天最幸福的时刻。

此外，我也偶尔能够吃一点"白的"，这是我自己用劳动换来的。一到夏天麦收季节，我们家根本没有什么麦子可收。对门住的宁家大婶子和大姑——她们家也穷得够呛——就带我到本村或外村富人的地里去"拾麦子"。所谓"拾麦子"就是别家的长工割过麦子，总还会剩下那么一点点麦穗，这些都是不值得一捡的，我们这些穷人就来"拾"。因为剩下的绝不会多，我们拾上半天，也不过拾半篮子；然而对我们来说，这已经是如获至宝了。一定是大婶和大姑对我特别照顾，以一个四五岁、五六岁的孩子，拾上一个夏天，也能拾上十斤八斤麦粒。这些都是母亲亲手搓出来的。为了对我加以奖励，麦季过后，母亲便把麦子磨成面，蒸成馍馍，或贴成白面饼子，让我解解馋。我于是就大快朵颐了。

记得有一年，我拾麦子的成绩也许是有点"超常"。到了中秋节——农民嘴里叫"八月十五"——母亲不知从哪里弄了点月饼，给我掰了一块，我就蹲在一块石头旁边，大吃起来。在当时，对我来说，月饼可真是神奇的好东西，龙肝凤髓也难以比得上的，我难得吃上一次。我当时并没有注意，母亲是否也在吃。现在回想起来，她根本一口也没有吃。不但是月饼，连其他"白的"，母亲从来都没有尝过，都留给我吃了。她大概是毕生就与红色的高粱饼子为伍。到了俭年，连这个也吃不上，那就只有吃野菜了。

至于肉类，吃的回忆似乎是一片空白。我姥娘家隔壁是一家卖煮牛肉的作坊。给农民劳苦耕耘了一辈子的老黄牛，到了老年，耕不动了，几个农民便以极其低的价钱买来，用极其野蛮的办法杀死，把肉煮烂，然后卖掉。老牛肉难煮，实在没有办法，农民就在肉锅里小便一通，这样肉就好烂了。农民心肠好，有了这种情况，就昭告四邻："今天的肉你们别买！"姥娘家穷，虽然极其疼爱我这个外孙，也只能用土罐子，花几个制钱，装一罐子牛肉汤，聊胜于无。记得有一次，罐子里多了一块牛肚子。这就成了我的专利。我舍不得一气吃掉，就用生了锈的小铁刀，一块一块地割着吃，慢慢地吃。这一块牛肚真可以同月饼媲美了。

"白的"、月饼和牛肚难得，"黄的"怎样呢？"黄的"也同样难得。但是，尽管我只有几岁，我却也想出了办法。到了春、夏、秋三个季节，庄外的草和庄稼都长起来了。我就到庄外去割草，或者到人家高粱地里去劈高粱叶。劈高粱叶，田主不但不禁止，而且还欢迎；因为叶子一劈，通风情况就能改进，高粱长得就能更好，粮食打得就能更多。草和高粱叶都是喂牛用的。我们家穷，从来没有养过牛。我二大爷家是有地的，经常养着两头大牛。我这草和高粱叶就是给它们准备的。每当我这个不到三块豆腐干高的孩子背着一大捆草或高粱叶走进二大爷的大门，我心里有所恃而不恐，把草放在牛圈里，赖着不走，总能蹭上一顿"黄的"吃，不会被二大娘"捲"（我们那里的土话，意思是"骂"）出来。到了过年的时候，自己心里觉得，在过去的一年里，自己喂牛立了功，又有了勇气到二大爷家里赖着吃黄面糕。黄面糕是用黄米面加上枣蒸成的。颜色虽黄，却位列"白的"之上，因为一年只在过年时吃一次，"物以稀为贵"，于是黄面糕就贵了起来。

我上面讲的全是吃的东西。为什么一讲到母亲就讲起吃的东西来了呢？原因并不复杂。第一，我作为一个孩子容易关心吃的东西。第二，所有我在上面提到的好吃的东西，几乎都与母亲无缘。除了"红的"以外，其余她都不沾边儿。我在她身边只待到六岁，以后两次奔丧回家，待的时间也很短。现在我回忆起来，连母亲的面影都是迷离模糊的，没有一个清晰的轮廓。特别有一点，让我难解而又易解：我无论如何也回忆不起母亲的笑容来，她好像是一辈子都没有笑过。家境贫困，儿子远离，她受尽了苦难，笑容从何而来呢？有一次我回家听对面的宁大婶子告诉我说："你娘经常说：'早知道送出去回不来，我无论如何也不会放他走的！'"简短的一句话里面含着多少辛酸、多少悲伤啊！母亲不知有多少日日夜夜，眼望远方，盼望自己的儿子回来啊！然而这个儿子却始终没有归去，一直到母亲离开这个世界。

对于这个情况，我最初懵懵懂懂，理解得并不深刻。到了上高中的时候，自己大了几岁，逐渐理解了。但是自己寄人篱下，经济不能独立，空有雄心壮志，怎奈无法实现，我暗暗地下定了决心，立下誓愿：一旦大学毕业，自己找到工作，立即迎养母亲。然而没有等到我大学毕业，母亲就离开我走了，永远永远地走了。古人说："树欲静而风不止，子欲养而亲不待。"这话正应到我身上，我不忍想象母亲临终时思念爱子的情况；一想到，我就会心肝俱裂，眼泪盈眶。当我从北平赶回济南，又从济南赶回清平奔丧的时候，看到了母亲的棺材，看到那简陋的屋子，我真想一头撞死在棺材上，随母亲于地下。我后悔，我真后悔，我千不该万不该离开了母亲。世界上无论什么名誉、什么地位、什么幸福、什么尊荣，都比不上待在母亲身边，即使她一个字也不识，即使整天吃"红的"。

这就是我的"永久的悔"。

_____

注：本文略有删减。

献给母亲 / 靳以

妈，今天去看过了您，我们一共是五个。除开了远在××的畴和在××的功没有能回来，您的孩子们都去了。丕是才从××赶回来的，其实他在奉天已经知道了您永远离开了我们；可是他在信中说：总不信那是真实的事。这是真的妈妈，我们到现在也还想着那不是一件真事。我们是被欺骗了，——许是被这隐隐的伟大的命运骗过了。这是一个翻天覆地的大骗局，就把您的孩子们都丢到悲哀之中了。我们时常想到您并没有离开我们，我们听到您的声音，我们也看到您的容颜，可是当我们贪婪地张大了眼睛去看望和更沉下心去谛听就什么都没有了，没有一点音响，（那也许是沉沉的午夜）留在眼前的是一片黑。对了，妈，是一片黑，没有了妈妈，什么都是黑的。

一年的卧病，尽给您无限的苦痛了；这样想，您的永息也许不全然是不幸福的。可是我们从来都不曾那样想，我们就忘记了您是病过的。我们只记着您那不断为大灾小病侵扰而还能走出走进的身体和那清癯的面容，吩咐着这些，关照着那些。您总是为那些细碎的事情操劳，既丢不下又放不下，心里还总是想着每一个孩子。我们只觉得您是生生地被"掠夺去了"：——当中存在着遥远的不可能的距离。可是我们叫您，没有回应，我们想再看一下您的脸听一声您的语音都不可能，就陡地忆起母亲真的是永远离开我们了。

丕是清早到的，午前便同了我们去看您。自从您离开我们，我们都有一点愚昧，我们不忍使您就长眠到坟墓中去，我们使您有一间自己住的房子。当着我们把您的棺木放到那间房里的时候，我们又想到"妈是不是会怕呢？"把您安置在那么一个陌生的地方，我们都放不下心。我们想着一向您是怕黄昏怕黑夜的，而且那个地方离家又那么远。为了孩子们，生前您不是连一步也不肯离开么？从前每天是由我们守了您，在病中是更甚。我总记得有一天您在半夜中要我睡到您的身边，第二天您才告诉我梦中一个老妇人拉着您走，您说是哪里也不要去，只要跟孩子睡在一处。可是，您却仍然是孤零零地躺在那里，我们没有一个能来陪您。

丕是更伤心哭得站不起身，因为他没有看您最后的一眼。我们也都哭，尽情地使泪流出来，再不像和璇姊伴着您病的时节，尽力忍着哀恸，虽然是泪流满了脸，也不使您知道我们在啜泣。您没有想到会永远离开我们；每次看到您忍苦下药，我们就更感觉到心的刺痛。可是当着您叫着我们，我们只有抹干了眼睛才急匆匆地来到您的身边，今天我们却使泪尽量地流，大声地哭号，但愿我们的声音能惊动了您，使您再睁开眼看一看您孤单的孩子们。

时时我们俯在棺木上谛听，妄想着或许您能活转来。我们都离不开您！我们要妈妈！我们把一些鲜花洒在您的四周，我们忘记了您是喜欢什么样的花了。因为心中总有着您，就怕想起来您的喜恶。我们也嫉妒那些有生和无生的物件，它们分过您不少的感情。看着您常用的一面镜子，就气恨地想着它是太幸福了，因为在那上面每天总一两次地投映着您的影像。

璇的生活是安适的，泽和她的感情十分好。他们的生活也安排得妥妥当当。年岁顶小的天，个性原是谨慎周密，很知道看管自己。从肺病的侵害中逃出来了的伦，身体也渐渐好起来。丕离开了家，一年多的时候，也使他成为安详沉着了。才踏进社会的功，对于做人这一面也有了显著的进步，仍然还保留着他那份热心。畴是勤劳的孩子，他一向住在远处，总能不使人惦记。我呢，自知是不能比得起妈的，从此却要尽自己的一点力来照顾弟弟们。这样您就可以稍稍放下一点心。

我自己原是过得惯这冷清的日子，只是住在这个院落中，在这样的心情下，我不知道是不是还能好好地生活下去。大而寂然的庭院，伴着我们几个没有妈妈的孩子们，看看这里，看看那里都是空。我们怕看一眼您那住室，连一缕微弱的灯光也没有了。惊奇在心中一天不知道要跳起几回，有时候就踮起脚走近您的窗前，谛听您是否已经熟睡了（当着您病的时节就每天是这样做的）。从前我是听不到音响就把心安下去，现在却是因为那无边的沉静突然就使我记起来总是离开了我们。我的眼泪急切地流出，又怕为父亲见了伤心，就一个人跑着跳着，东想西想，要使泪不再流下来。多半我只是失败的，我只能去到不为人所见的地方，痛痛快快地哭一场。

妈，您告诉我们一声，您什么时候再回来呢？多么长的时日也无妨，我们都能等待的。我们好好地看守您的住室，还有您的什物。到那时候我们都等着您的夸奖说：亏你们，这么多年也没改一点样。不论是多少年后，我们都能像孩子一样地在您面前承欢；虽然那时候我想有的已经成为孩子的父亲。

功有电报来了，追悔他的远行。在您病重的时候，在信中他就说到心的不安宁，问询着您的病状。您离开了我们！我们也没有急速通知他，为了他一个人居住在迢迢万里之外。到第四天才由父亲给他一封信，我都不敢想象他是如何来展读那封信的。这是多么不可能的事——可是却清楚地横亘在我们的面前。

还有什么可说的呢，妈，这都是命运。看到您最后的面相，那么恬静安适，想象着您的心没有什么太大的牵念。能平静地死去自然也是幸福，但是对于您的孩子们，那却是永世不能再补的忧伤。我们想着您，记着您，不会使您家受一点辱没，在我们的心上您将是永生的了。

肠断心碎泪成冰 / 石评梅

如今已是午夜人静，望望窗外，天上只有孤清一弯新月，地上白茫茫满铺的都是雪，炉中残火已熄只剩了灰烬，屋里又冷静又阴森；这世界呵！是我肠断心碎的世界；这时候！是我低泣哀号的时候。禁不住的我想到天辛，我又想把它移到了纸上。墨冻了我用热泪融化，笔干了我用热泪温润，然而天呵！我的热泪为什么不能救活冢中的枯骨，不能唤回逝去的英魂呢？这懦弱无情的泪有什么用处？我真痛恨我自己，我真诅咒我自己。

这是两年前的事了。

出了德国医院的天辛，忽然又病了，这次不是吐血，是急性盲肠炎。病状很厉害，三天工夫他瘦得成了一把枯骨，只是眼珠转动，嘴唇开合，表明他还是一架有灵魂的躯壳。我不忍再见他，我见了他我只有落泪，他也不愿再见我，他见了我他也是只有咽泪；命运既已这样安排了，我们还能再说什么，只静待这黑的幕垂到地上时，他把灵魂交给了我，把躯壳交给了死！

星期三下午我去东交民巷看了他，便走了。那天下午兰辛和静弟送他到协和医院，院中人说要用手术割治，不然一两天一定会死！那时静弟也不在，他自己签了字要医院给他开刀，兰辛当时曾阻止他，恐怕他这久病的身躯禁受不住，但是他还笑兰辛胆小，决定后，他便被抬到解剖室去开肚。开刀后据兰辛告我，他精神很好，兰辛问他："要不要波微来看你？"他笑了笑说："她愿意来，来看看也好，不来也好，省得她又要难过！"兰辛当天打电话告我，起始他愿我去看他，后来他又说："你暂时不去也好，这时候他太疲倦虚弱了，禁不住再受刺激，过一两天等天辛好些再去吧！省得见了面都难过，于病人不大好。"我自然知道他现在见了我是要难过的，我遂决定不去了。但是我心里总不平静，像遗失了什么东西一样，从家里又跑到红楼去找晶清，她也伴着我在自修室里转，我们谁都未曾想到他是已经快死了，应该再在他未死前去看看他。到七点钟我回了家，心更慌了，连晚饭都没有吃便睡了。睡也睡不着，这时候我忽然热烈的想去看他，见了他我告诉他我知道忏悔了，只要他能不死，我什么都可以牺牲。心焦烦得像一匹狂马，我似乎无力控羁它了。朦胧中我看见天辛穿着一套玄色西装，系着大红领结，右手拿着一枝梅花，含笑立在我面前，我叫了一声他的名字便醒了，原来是一梦。这时候夜已深了，揭开帐帷，看见月亮正照射在壁上一张祈祷的图上，现得阴森可怕极了，拧亮了电灯看看表正是两点钟，我不能睡了，我真想跑到医院去看看他到底怎么样？但是这三更半夜，在人们都睡熟的时候，我黑夜里怎能去看他呢！勉强想平静下自己汹涌的心情，然而不可能，在屋里走来走去，也不知想什么？最后跪在床边哭了，我把两臂向床里伸开，头埋在床上，我哽咽着低低地唤着母亲！

　　我一点都未想到这时候，是天辛的灵魂最后来向我告别的时候，也是他二十九年的生命之火最后闪烁的时候，也是他四五年中刻骨的相思最后完结的时候，也是他一生苦痛烦恼最后撒手的时候。我们这四五年来被玩弄、被宰割、被蹂躏的命运醒来原来是一梦，只是这拈花微笑的一梦呵！

　　自从这一夜后，我另辟了一个天地，这个天地中是充满了极美丽、极悲凄、极幽静、极哀惋的空虚。

　　翌晨八时，到学校给兰辛打电话未通，我在白屋的静寂中焦急着，似乎等着一个消息的来临。

　　十二点半钟，白屋的门砰的一声开了！进来的是谁呢？是从未曾来过我学校的晶清。她惨白的脸色，紧嚼着下唇，抖颤的声音都令我惊奇！半天才说出一句话是："菊姐有要事，请你去她那里。"我问她什么事，她又不痛快地告诉我，她只说："你去好了，去了自然知道。"午饭已开到桌上，我让她吃饭，她恨极了，催促我马上就走；那时我也奇怪为什么那样从容？昏乱中上了车，心跳得厉害，头似乎要炸裂！到了西河沿我回过头来问晶清："你告我实话，是不是天辛死了！"我是如何的希望她对我这话加以校正，哪知我一点回应都未得到，再看她时，她弱小的身躯蜷伏在车上，头埋在围巾里。一阵一阵风沙吹到我脸上，我晕了！到了骑河楼，晶清扶我下了车，走到菊姐门前，菊姐已迎出来，菊姐后面是云弟，菊姐见了我马上跑过来抱住我叫了一声"珠妹！"这时我已经证明天辛真的是死了，我扑到菊姐怀里叫了声"姊姊"便晕厥过去了。经他们再三的喊叫和救治，才慢慢醒来，睁开眼看见屋里的人和东西时，我想起来天辛是真死了！这时我才放声大哭。他们自然也是一样咽着泪，流着泪！窗外的风虎虎的吹着，我们都肠断心碎的哀泣着。

这时候又来了几位天辛的朋友，他们说五点钟入殓，黄昏时须要把棺材送到庙里去；时候已快到，要去医院要早点去。我到了协和医院，一进接待室，便看见静弟，他看见我进来时，他跑到我身边站着哽咽地哭了！我不知说什么好，也不知该怎么样哭，号啕呢还是低泣？我只侧身望着豫王府富丽的建筑而发呆！坐在这里很久，他们总不让我进去看；后来云弟来告我，说医院想留天辛的尸体解剖，他们已回绝了，过一会便可进去看。

在这时候，我便请晶清同我到天辛住的地方，收拾我们的信件。踏进他的房子，我急跑了几步倒在他床上，回顾一周什物依然。三天前我来时他还睡在床上，谁能想到三天后我来这里收检他的遗物。记得那天黄昏我在床前喂他桔汁，他还能微笑地说声："谢谢你！"如今一切依然，微笑尚似恍如目前，然而他们都说他已经是死了，我只盼他也许是睡吧！我真不能睁眼，这房里处处都似乎现着他的影子，我在零乱的什物中，一片一片撕碎这颗心！

晶清再三催我，我从床上挣扎起来，开了他的抽屉，里面已经清理好了，一束一束都是我寄给他的信，另外有一封是他得病那晚写给我的，内容口吻都是遗书的语调，这封信的力量，才造成了我的这一生，这永久在忏悔哀痛中的一生。这封信我看完后，除了悲痛外，我更下了一个毁灭过去的决心，从此我才能将碎心捧献给忧伤而死的天辛。还有一封是寄给兰辛菊姐云弟的，寥寥数语，大意是说他又病了，怕这几日不能再见他们的话。读完后，我遍体如浸入冰湖，从指尖一直冷到心里，扶着桌子抚弄着这些信件而流泪！晶清在旁边再三让我镇静，要我勉强按压着悲哀，还要扎挣着去看他的尸体。

临走，晶清扶着我，走出了房门，我回头又仔细望望，我愿我的泪落在这门前留一个很深的痕迹。这块地是他碎心埋情的地方。这里深深陷进去的，便是这宇宙中，天长地久永深的缺陷。

回到豫王府，殓衣已预备好，他们领我到冰室去看他。转了几个弯便到了，一推门一股冷气迎面扑来，我打了一个寒战！一块白色的木板上，放着他已僵冷的尸体，遍身都用白布裹着，鼻耳口都塞着棉花。我急走了几步到他的尸前，菊姐在后面拉住我，还是云弟说："不要紧，你让她看好了。"他面目无大变，只是如蜡一样惨白，右眼闭了，左眼还微睁着看我。我抚着他的尸体默祷，求他瞑目而终，世界上我知道他再没有什么要求和愿望了。我仔细地看他的尸体，看他惨白的嘴唇，看他无光而开展的左眼。最后我又注视他左手食指上的象牙戒指；这时候，我的心似乎和沙乐美得到了先知约翰的头颅一样。我一直极庄严神肃地站着，其他的人也是都静悄悄地低头站在后面，宇宙这时是极寂静、极美丽、极惨淡、极悲哀！

最后的一天 / 许广平

今年的一整个夏天，正是鲁迅先生被病缠绕得透不过气来的时光。许多爱护他的人，都为了这个消息着急。然而病状有些好起来了。在那个时候，他说出一个梦："他走出去，看见两旁埋伏着两个人，打算给他攻击，他想：你们要当着我生病的时候攻击我吗？不要紧！我身边还有匕首呢，投出去，掷在敌人身上。"

梦后不久，病更减轻了。一切恶的征候都逐渐消灭了。他可以稍稍散步些时，可以有力气拔出身边的匕首投向敌人，——用笔端冲倒一切，——还可以看看电影，生活生活。我们战胜"死神"。在讴歌，在欢愉。生的欣喜布在每一个朋友的心坎中，每一个惠临的爱护他的人的颜面上。

他仍然可以工作，和病前一样。他与我们同在一起奋斗，向一切恶势力。

直至十七日的上午，他还续写《因太炎先生而想起的二三事》（以前有《关于太炎先生二三事》一文，似尚未发表。）一文的中段。（他没有料到这是最后的工作，他原稿压在桌子上，预备稍缓再执笔。）午后，他愿意出去散步，我因有些事在楼下，见他穿好了袍子下扶梯。那时外面正有些风，但他已决心外出，衣服穿好之后，是很难劝止的。不过我姑且留难他，我说："衣裳穿够了吗？"他探手摩摩，里面穿了绒线背心。说："够了。"我又说："车钱带了没有？"他理也不理就自己走去了。

回来天已不早了，随便谈谈，傍晚时建人先生也来了。精神甚好，谈至十一时，建人先生才走。

到十二时，我急急整理卧具。催促他，警告他，时候不早了。他靠在躺椅上，说："我再抽一支烟，你先睡吧。"

等他到床上来，看看钟，已经一时了。二时他曾起来小解，人还好好的。再睡下，三时半，见他坐起来，我也坐起来。细察他呼吸有些异常，似气喘初发的样子。后来继以咳呛，咳嗽困难，兼之气喘更加厉害。他告诉我："两点起来过就觉睡眠不好，做噩梦。"那时正在深夜，请医生是不方便的，而且这回气喘是第三次了，也不觉得比前二次厉害。为了减轻痛苦起见，我把自己购置在家里的"忽苏尔"气喘药拿出来看：说明书上病肺的也可以服，心脏性气喘也可以服。并且说明急病每隔一二时可连服三次，所以三点四十分，我给他服药一包。至五点四十分，服第三次药，但病态并不见减轻。

从三时半病势急变起，他就不能安寝，连斜靠休息也不可能。终夜屈曲着身子，双手抱腿而坐。那种苦状，我看了难过极了。在精神上虽然我分担他的病苦，但在肉体上，是他独自担受一切的磨难。他的心脏跳动得很快，咚咚的声响，我在旁边也听得十分清澈。那时天正在放亮，我见他拿左手按右手的脉门。跳得太快了，他是晓得的。

　　他叫我早上七点钟去托内山先生打电话请医生。我等到六点钟就匆匆地盥洗起来，六点半左右就预备去。他坐到写字桌前，要了纸笔，戴起眼镜预备写便条。我见他气喘太苦了，我要求不要写了，由我亲口托请内山先生好了，他不答应。无论什么事他都不肯马虎的。就是在最困苦的关头，他也支撑起来，仍旧执笔，但是写不成字，勉强写起来，每个字改正又改正。写至中途，我又要求不要写了，其余的由我口说好了。他听了很不高兴，放下笔，叹一口气，又拿起笔来续写，许久才凑成了那条子。那最后执笔的可珍贵的遗墨，现时由他的最好的老友留作纪念了。

　　清晨书店还没有开门，走到内山先生的寓所前，先生已走出来了，匆匆地托了他打电话，我就急急地回家了。

　　不久内山先生也亲自到来，亲手给他药吃，并且替他按摩背脊很久。他告诉内山先生说苦得很，我们听了都非常难受。

　　须藤医生来了，给他注射。那时双足冰冷，医生命给他热水袋暖脚，再包裹起来。两手指甲发紫色大约是血压变态的缘故。我见医生很注意看他的手指，心想这回是很不平常而更严重了。但仍然坐在写字桌前椅子上。

　　后来换到躺椅上坐。八点多钟日报（十八日）到了。他问我："报上有什么事体？"我说："没有什么，只有《译文》的广告。"我知道他要晓得更多些，我又说："你的翻译《死魂灵》登出来了，在头一篇上。《作家》和《中流》的广告还没有。"

　　我为什么提起《作家》和《中流》呢？这也是他的脾气。在往常，晚间撕日历时，如果有什么和他有关系的书出版时——但敌人骂他的文章，他倒不急于要看，——他就爱提起："明天什么书的广告要出来了。"他怀着自己印好了一本好书出版时一样的欢情，熬至第二天早晨，等待报纸到手，就急急地披览。如果报纸到的迟些，或者报纸上没有照预定的登出广告，那么，他就失望。虚拟出种种变故，直至广告出来或刊物到手才放心。

当我告诉他《译文》广告出来了，《死魂灵》也登出了，别的也连带知道，我以为可以使他安心了。然而不！他说："报纸把我，眼镜拿来。"我把那有广告的一张报纸给他，他一面喘息一面细看《译文》广告，看了好久才放下。原来他是在关心别人的文字，虽然在这样的苦恼状况底下，他还记挂着别人。这，我没有了解他，我不配崇仰他。这是他最后一次和文字接触，也是他最后一次和大众接触。那一颗可爱可敬的心呀！让他埋葬在大家的心之深处罢。

在躺椅上仍旧不能靠下来，我拿一张小桌子垫起枕头给他伏着，还是在那里喘息。医生又给他注射，但病状并不轻减，后来躺到床上了。

中午吃了大半杯牛奶，一直在那里喘息不止，见了医生似乎也在诉苦。

六点钟左右看护妇来了，给他注射和吸入酸素、氧气。

六点半钟我送牛奶给他，他说："不要吃。"过了些时，他又问："是不是牛奶来了？"我说："来了。"他说："给我吃一些。"饮了小半杯就不要了。其实是吃不下去，不过他恐怕太衰弱了支持不住，所以才勉强吃的。到此刻为止，我推测他还是希望好起来。他并不希望轻易放下他的奋斗力的。

晚饭后，内山先生通知我：（内山先生为他的病从早上忙至夜里，一天没有停止。）希望建人先生来。我说："日里我问过他，要不要见见建人先生，他说不要。所以没有来。"内山先生说："还是请他来好。"后来建人先生来了。

喘息一直使他苦恼，连说话也不方便。看护和我在旁照料，给他揩汗。腿以上不时的出汗，腿以下是冰冷的。用两个热水袋温他。每隔两小时注强心针，另外吸入氧气。

十二点那一次注射后，我怕看护熬一夜受不住，我叫她困一下，到两点钟注射时叫醒她。这时由我看护他，给他揩汗。不过汗有些粘冷，不像平常。揩他手，他就紧握我的手，而且好几次如此。陪在旁边，他就说："时候不早了，你也可以睡了。"我说："我不瞌睡。"为了使他满意，我就斜靠在对面的床脚上。好几次，他抬起头来看我，我也照样看他。有时我还赔笑地告诉他病似乎轻松些了。但他不说什么又躺下了。也许是这时他有什么预感吗？他没有说。我是没有想到问。后来连揩手汗时，他紧握我的手，我也没有勇气紧握回他了。我怕刺激他难过，我装作不知道。轻轻地放松他的手，给他盖好棉被。后来回想：我不知道，应不应该也紧握他的手，甚至紧紧地拥抱住他。在死神的手里把我的敬爱的人夺回来。如今是迟了！死神奏凯歌了。我那追不回的后悔呀。

从十二时至四时，中间饮过三次茶，起来解一次小手。人似乎有些烦躁，有好多次推开棉被，我们怕他受冷，连忙盖好。他一刻又推开，看护没法子，大约告诉他心脏十分贫弱，不可乱动，他往后就不大推开了。

五时，喘息看来似乎轻减，然而看护妇不等到六时就又给他注射，心想情形必不大好。同时她叫我托人请医生，那时内山先生的店员终夜在客室守候，（内山先生和他的店员，这回是全体动员，营救鲁迅先生的急病的。）我匆匆嘱托他，建人先生也到楼上，看见他已头稍朝内，呼吸轻微了。连打了几针也不见好转。

他们要我呼唤他，我千呼百唤也不见他应一声。天是那么黑暗，黎明之前的乌黑呀，把他卷走了。黑暗是那么大的力量，连战斗了几十年的他也抵抗不住。医生说："过了这一夜，再过了明天，没有危险了。"他就来不及等待到明天，那光明的白昼呀。而黑夜，那可诅咒的黑夜，我现在天天睁着眼睛瞪它，我将诅咒它直至我的末日来临。

一个人在途上 / 郁达夫

在东车站的长廊下和女人分开以后，自家又剩了孤零丁的一个。频年漂泊惯的两口儿，这一回的离散，倒也算不得什么特别，可是端午节那天，龙儿刚死，到这时候北京城里虽已起了秋风，但是计算起来，去儿子的死期，究竟还只有一百来天。在车座里，稍稍把意识恢复转来的时候，自家就想起了卢骚①晚年的作品《孤独散步者的梦想》头上的几句话：

　　自家除了己身以外，已经没有弟兄，没有邻人，没有朋友，没有社会了，自家在这世上，像这样的，已经成了一个孤独者了……

然而当年的卢骚还有弃养在孤儿院内的五个儿子，而我自己哩，连一个抚育到五岁的儿子都还抓不住！

离家的远别，本来也只为想养活妻儿。去年在某大学的被逐，是万料不到的事情。其后兵乱迭起，交通阻绝，当寒冬的十月，会

---

① 通译卢梭（1712—1778），法国十八世纪启蒙思想家、哲学家、教育家、文学家。

病倒在沪上，也是谁也料想不到的。今年二月，好容易到得南方，静息了一年之半，谁知这刚养得出趣的龙儿又会遭此凶疾呢？

龙儿的病报，本是在广州得着，匆促北航，到了上海，接连接了几个北京来的电报，换船到天津，已经是旧历的五月初十。到家之夜，一见了门上的白纸条儿，心里已经是跳得忙乱，从苍茫的暮色里赶到哥哥家中，见了衰病的他，因为在大众之前，勉强将感情压住。草草吃了夜饭，上床就寝，把电灯一灭，两人只有紧抱的痛哭，痛哭，痛哭，只是痛哭，气也换不过来，更哪里有说一句话的余裕？

受苦的时间，的确脱煞过去得太悠徐，今年的夏季，只是悲叹的连续。晚上上床，两口儿，哪敢提一句话？可怜这两个迷散的心灵，在电灯灭黑的黝暗里，所摸走的荒路，每凑集在一条线上，这路的交叉点里，只有一块小小的墓碑，墓碑上只有"龙儿之墓"的四个红字。

妻儿因为在浙江老家内不能和母亲同住，不得已而搬往北京当时我在寄食的哥哥家去，是去年的四月中旬，那时候龙儿正长得肥满可爱，一举一动，处处教人欢喜。到了五月初，从某地回京，觉得哥哥家太狭小，就在什刹海的北岸，租定了一间渺小的住宅。夫妻两个，日日和龙儿伴乐，闲时也常在北海的荷花深处，及门前的杨柳荫中带龙儿去走走。这一年的暑假，总算过得最快乐，最闲适。

秋风吹叶落的时候，别了龙儿和女人，再上某地大学去为朋友帮忙，当时他们俩还往西车站去送我来哩！这是去年秋晚的事情，想起来还同昨日的情形一样。

　　过了一月，某地的学校里发生事情，又回京了一次，在什刹海小住了两星期，本来打算不再出京了，然碍于朋友的面子，又不得不于一天寒风刺骨的黄昏，上西车站去乘车。这时候因为怕龙儿要哭，自己和女人，吃过晚饭，便只说要往哥哥家里去，只许他送我们到门口。记得那一天晚上他一个人和老妈子立在门口，等我们俩去了好远，还"爸爸！爸爸！"的叫了好几声。啊啊，这几声的呼唤，是我在这世上听到的他叫我的最后的声音！

　　出京之后，到某地住了一宵，就匆促逃往上海。接续便染了病，遇了强盗辈的争夺政权，其后赴南方暂住，一直到今年的五月，才返北京。

　　想起来，龙儿实在是一个填债的儿子，是当乱离困厄的这几年中间，特来安慰我和他娘的愁闷的使者！

　　自从他在安庆生落地以来，我自己没有一天脱离过苦闷，没有一处安住到五个月以上。我的女人，也和我分担着十字架的重负，只是东西南北的奔波漂泊。然当日夜难安，悲苦得不了的时候，只教他的笑脸一开，女人和我，就可以把一切穷愁，丢在脑后。而今年五月初十待我赶到北京的时候，他的尸体，早已在妙光阁的广谊园地下躺着了。

　　他的病，说是脑膜炎。自从得病之日起，一直到旧历端午节的午时绝命的时候止，中间经过有一个多月的光景。平时被我们宠坏了的他，听说此番病里，却乖顺得非常。叫他吃药，他就大口地吃，叫他用冰枕，他就很柔顺地躺上。病后还能说话的时候，只问他的娘："爸爸几时回来？""爸爸在上海为我定做的小皮鞋，已经做好了没有？"我的女人，于惑乱之余，每幽幽地问他："龙！你晓得你这一场病，会不会死的？"他老是很不愿意地回答说："哪儿会死的哩？"据女人含泪地告诉我说，他的谈吐，绝不似一个五岁的小儿。

未病之前一个月的时候，有一天午后他在门口玩耍，看见西面来了一乘马车，马车里坐着一个戴灰白帽子的青年。他远远看见，就急忙丢下了伴侣，跑进屋里叫他娘出来，说："爸爸回来了，爸爸回来了！"因为我去年离京时所戴的，是一样的一顶白灰呢帽。他娘跟他出来到门前，马车已经过去了，他就死劲地拉住了他娘，哭喊着说："爸爸怎么不家来吓？爸爸怎么不家来吓？"他娘劝慰了半天，他还尽是哭着，这也是他娘含泪和我说的。现在回想起来，自己实在不该抛弃了他们，一个人在外面流荡，致使他那小小的心灵，常有这望远思亲之痛。

去年六月，搬往什刹海之后，有一次我们在堤上散步，因为他看见了人家的汽车，硬是哭着要坐，被我痛打了一顿。又有一次，也是因为要穿洋服，受了我的毒打。这实在只能怪我做父亲的没有能力，不能做洋服给他穿，雇汽车给他坐。早知他要这样的早死，我就是典当抢劫，也应该去弄一点钱来，满足他无邪的欲望，到现在追想起来，实在觉得对他不起，实在是我太无容人之量了。

我女人说，濒死的前五天，在病院里，他连叫了几夜的爸爸！她问他："叫爸爸干什么？"他又不响了，停一会儿，就又再叫起来，到了旧历五月初三日，他已入了昏迷状态，医师替他抽骨髓，他只会直叫一声"干吗？"喉头的气管，咯咯在抽咽，眼睛只往上吊送，口头流些白沫，然而一口气总不肯断。他娘哭叫几声"龙！
龙！"他的眼角上，就会迸流下眼泪出来，后来他娘看他苦得难
过，倒对他说：

"龙！你若是没有命的，就好好的去吧！你是不是想等爸爸回
来？就是你爸爸回来，也不过是这样的替你医治罢了。龙！你有什么
不了的心愿呢？龙！与其这样的抽咽受苦，你还不如快快的去吧！"

他听了这段话，眼角上的眼泪，更是涌流得厉害。到了旧历端
午节的午时，他竟等不着我的回来，终于断气了。

丧葬之后，女人搬往哥哥家里，暂住了几天。我于五月十日晚
上，下车赶到什刹海的寓宅，打门打了半天，没有应声。后来抬头
一看，才见了一张告示邮差送信的白纸条。

自从龙儿生病以后连日连夜看护久已倦了的她，又哪里经得起
最后的这一个打击？自己当到京之夜，见了她的衰容，见了她的泪
眼，又哪里能够不痛哭呢？

在哥哥家里小住了两三天，我因为想追求龙儿生前的遗迹，一
定要女人和我仍复搬回什刹海的住宅去住它一两个月。

搬回去那天，一进上屋的门，就见了一张被他玩破的今年正月
里的花灯。听说这张花灯，是南城大姨妈送他的，因为他自家烧破
了一个窟窿，他还哭过好几次来的。

其次，便是上房里砖上的几堆烧纸钱的痕迹！系当他下殓
时烧的。

院子里有一架葡萄，两棵枣树，去年采取葡萄枣子的时候，
他站在树下，兜起了大褂，仰头在看树上的我。我摘取一颗，丢入

了他的大褂兜里，他的哄笑声，要继续到三五分钟，今年这两棵枣树，结满了青青的枣子，风起的半夜里，老有熟极的枣子辞枝自落，女人和我，睡在床上，有时候且哭且谈，总要到更深人静，方能入睡。在这样的幽幽的谈话中间，最怕听的，就是这滴答的坠枣之声。

到京的第二日，和女人去看他的坟墓。先在一家南纸铺里买了许多冥府的钞票，预备去烧送给他，直到到了妙光阁的广谊园茔地门前，她方从呜咽里清醒过来，说："这是钞票，他一个小孩如何用得呢？"就又回车转来，到琉璃厂去买了些有孔的纸钱。她在坟前哭了一阵，把纸钱钞票烧化的时候，却叫着说：

"龙！这一堆是钞票，你收在那里，待长大了的时候再用。要买什么，你先拿这一堆钱去用吧。"

这一天在他的坟上坐着，我们直到午后七点，太阳平西的时候，才回家来。临走的时候，他娘还哭叫着说：

"龙！龙！你一个人在这里不怕冷静的么？龙！龙！人家若来欺你，你晚上来告诉娘吧！你怎么不想回来了呢？你怎么梦也不来托一个呢？"

箱子里，还有许多散放着的他的小衣服。今年北京的天气，到七月中旬，已经是很冷了。当微凉的早晚，我们俩都想换上几件夹衣，然而因为怕见到他旧时的夹衣袍袜，我们俩却尽是一天一天地捱着，谁也不说出口来，说"要换上件夹衫"。

有一次和女人在那里睡午觉，她骤然从床上坐了起来，鞋也不拖，光着袜子，跑上了上房起坐室里，并且更掀帘跑上外面院子里去。我也莫名其妙跟着她跑到外面的时候，只见她在那里四面找寻什么。找寻不着，呆立了一会，她忽然放声哭了起来，并且抱住了我急急地追问说："你听不听见？你听不听见？"哭完之后，她才告诉我说，在半醒半睡的中间，她听见"娘！娘！"的叫了两声，的确是龙的声音，她很坚定地说："的确是龙回来了。"

北京的朋友亲戚，为安慰我们起见，今年夏天常请我们俩去吃饭听戏，她老不愿意和我同去，因为去年的六月，我们无论上哪里去玩，龙儿是常和我们在一处的。

今年的一个暑假，就是这样的，在悲叹和幻梦的中间消逝了。

这一回南方来催我就道的信，过于匆促，出发之前，我觉得还有一件大事情没有做了。

中秋节前新搬了家，为修理房屋，部署杂事，就忙了一个星期。出发之前，又因了种种琐事，不能抽出空来，再上龙儿的坟地里去探望一回。女人上东车站来送我上车的时候，我心里尽是酸一阵痛一阵的在回念这一件恨事。有好几次想和她说出来，教她于两三日后再往妙光阁去探望一趟，但见了她的憔悴尽的颜色，和苦忍住的凄楚，又终于一句话也没有讲成。

现在去北京远了，去龙儿更远了，自家只一个人，只是孤零丁的一个人。在这里继续此生中大约是完不了的漂泊。

离别 / 郑振铎

二

别了，我最爱的祖母、母亲、妹妹以及一切亲友们！我没有想到我动身得那么匆促。我决定动身，是在行期前的七天；跑去告诉祖母和许多亲友们，是在行期前的五天。我想我们的别离至多不过是两年、三年，然而我心里总有一种离愁堆积着。两三年的时光，在上海住着是如燕子疾飞似的匆匆滑过去了，然而在孤身栖止于海外的游子看来，是如何漫长的一个时间呀！在倚闾而望游子归来的祖母、母亲们和数年来终日聚首的爱友们看来，又是如何漫长的一个时期呀！祖母在半年来，身体又渐渐地回复健康了，精神也很好，所以我敢于安心远游。要在半年前，我真的不忍与她相别呢！然而当她听见我要远别的消息时，她口里不说什么，还很高兴地鼓励着我，要我保重自己的身体，在外不像在家，没有人细心照应了，饮食要小心，被服要盖得好些，落在床下是不会有人来拾起了；又再三叮嘱着我，能够早回，便早些回来。她这些话是安舒地慈爱地说着的，然而在她慢缓的语声中，在她微蹙的眉尖上，我已看出她是满孕着难告的苦闷与别意。不忍与她的孩子离别，而又不忍阻挡他的前进，这其间是如何的踌躇苦恼，不安！人非铁石，谁不觉此！第二天，第三天，她的筋痛的旧病，便又微微地发作了。这是谁的罪过！行期前一天的晚上，我去向她告别；勉强装出高兴的样子，要逗引开她的忧怀别绪；她也勉强装着并不难过的样子，这还不是她也怕我伤心么？在强装的笑容间，我看出万难遮盖的伤别的阴影。她强忍着呢！以全力忍着呢！母亲也是如此，假定她们是哭了，我一定要弃了我离国的决心！一定的！这夜临别时，我告诉她们说，第二天还要来一次。但是，不，第二天，我决不敢再去向她们告别了。我真怕摇动了我的离国的决心！我宁愿负一次说谎的罪，我宁愿负一次不去拜别的罪！

岳父是真希望我有所成就的，他对于我的离国，用全力来赞助。他老人家仆仆的在路上跑，为了我的事，不知有几次了！托人，找人帮忙，换钱，……都是他在忙着。我不知将如何说感谢的话好！然而临别时，他也不免有戚意。我看他扶着篾，在太阳光中，忙乱的码头上站着，挥着手，我真的感动得说不出话来。

许多朋友，亲戚……他们都给我以在我预想以上之帮忙与亲切的感觉，这使我更不忍于离别了！

果然如此的轻于言离别，而又在外游荡着，一无成就，将如何的伤了祖母、母亲、岳父以及一切亲友的心呢！

别了，我最爱的祖母以及一切亲友们！

三

当我与岳父同车到商务去时，我首先告诉他我将于二十一日动身了。归家时，我将这话第二次告诉给箴，她还以为我是与她开开玩笑的。

"哪里的话！真的要这么快就动身么？"

"哪一个骗你，自然是真的，因为有同伴。"

她还不信，摇摇头道："等爸爸回来问他看。你的话不能信。"

岳父回家，她真的去问了。

"哪里会假的；振铎一定要动身了，只有六七天工夫。快去预备行装！"他微笑地说着。

箴有些愕然了，"爸爸也骗我！"

"并没有骗你，是一点不假的事。"他正经地说道。

她不响了，显然的心上罩了一层殷浓的苦闷。

"铎，你为什么这样快动身？再等几时，八月间再走不好么？"箴的话有些生涩，不如刚才的轻快了。

一天天的过去，我们俩除同出去置办行装外，相聚的时候很少。我每天还去办公，因为有许多事要结束。

每个黄昏，每个清晨，她都以同一的凄声向我说道："铎，不要走了吧！""等到八月间再走不好么？"

我踌躇着，我不能下一个决心，我真的时时刻刻想不走。去年我们俩一天的相离，已经不可忍受了，何况如今是两三年的相别呢？

我真的不想走！

"泪眼相见，觉无语幽咽。"在别前的三四天已经是如此了。每天的早餐，我都咽不下去，心上似有千百重的铅块压着，说不出的难过。当护照没有签好字时，箴暗暗地希望着英、法领事拒绝签字，于是我可以不走了。我也竟是如此的暗暗地希望着。

在许多朋友请我们的饯别宴上，我曾笑对他们说道："假定我不走呢，吃了这一顿饭要不要奉还？"这不是一句笑话，我是真的这样想呢。即在整理行装时，我还时时的这样暗念着："姑且整理整理，也许去不成。"

然而护照终于签了字，终于要于第二天动身了。

只有动身的那一天早晨，我们俩是始终的聚首着。我们同倚在沙发上。有千万语要说，却一句也都说不出，只是默默地相对。

箴呜咽地哭了，我眼眶中也装满了热泪。谁能吃得下午饭呢！

码头上，握了手后，我便上船了，船上催送客者回去的铃声已经丁丁的摇着了。我倚在船栏上，她站在岳父身边，暗暗地在拭泪。中间隔的是几丈的空间，竟不能再一握手，再一谈话。此情此景，将何以堪！最后，岳父怕她太伤心了，便领了她先去。那临别的一瞬，她已经不能再有所表示了，连手也不能挥送，只慢慢地走出码头，她的手握着白巾，在眼眶边不停地拭着。我看着她的黄色衣服，她的背影，渐渐地远了，消失在过道中了！

"黯然消魂者唯别而已矣！"

Adieu！Adieu！①

---

① 法语："再会！再会！"

希望几个月之后——不敢望几天或几十天，在国外再有一次"不速之客"的经历。

"别离"那真不是容易说的！

注：本文略有删减。

唁辞 / 周作人

昨日傍晚，妻得到孔德学校的陶先生的电话，只是一句话，说："齐可死了。"齐可是那边的十年级学生，听说因患胆石症，往协和医院乞治，后来因为待遇不亲切，改进德国医院，于昨日施行手术，遂不复醒。她既是校中高年级生，又天性豪爽而亲切，我家的三个小孩初上学校，都很受她的照管，好像是大姊一样，这回突然死别，孩子们虽然惊骇，却还不能了解失却他们老朋友的悲哀，但是妻因为时常往校也和她很熟，昨天闻信后为茫然久之，一夜都睡不着觉，这实在是无怪的。

死总是很可悲的事，特别是青年男女的死，虽然死的悲痛不属于死者而在于生人。照常识看来，死是还了自然的债，与生产同样地严肃而平凡，我们对于死者所应表示的是一种敬意，犹如我们对于走到标竿下的竞走者，无论他是第一者，或中途跌过几跤而最后走到。在中国现在这样状况之下，"死之赞美者"（Peisithanatos）的话未必全无意义，那么"年华虽短而忧患亦少"也可以说是好事，即使尚未能及未见日光者的幸福。然而在死者纵使真是安乐，在生人总是悲痛。我们哀悼死者，并不一定是在体察他灭亡之悲哀，实在多是引动追怀，痛切地发生今昔存殁之感。无论怎样的相信神灭或是厌世，这种感伤恐终不易摆脱。日本诗人小林一茶在《俺的春天》里记他的女儿聪女之死，有这几句：

……她遂于六月二十一日与蕣华同谢此世。母亲抱着死儿的脸，荷荷的大哭，这也是难怪的了。到了此刻，虽然明知逝水不归，落花不再返枝，但无论怎样达观，终于难以断念的，正是这恩爱的羁绊。诗以志哀：

露水的世呀，

虽然是露水的世，

虽然是这样。

虽然是露水的世，然而自有露水的世的回忆，所以仍多哀感。梅特林克在《青鸟》上有一句平庸的警句曰："死者生存在活人的记忆上。"齐女士在世十九年，在家庭学校亲族友朋之间，当然留下许多不可磨灭的印象，随在足以引起悲哀，我们体念这些人的心情，实在不胜同情，虽然别无劝慰的话可说。死本是无善恶的，但是它加害于生人者却非浅鲜，也就不能不说它是恶的了。

我不知道人有没有灵魂，而且恐怕以后也永不会知道，但我对于希冀死后生活之心情觉得很能了解。人在死后倘尚有灵魂的存在如生前一般，虽然推想起来也不免有些困难不易解决，但因此不特可以消除灭亡之恐怖，即所谓恩爱的羁绊也可得到适当的安慰。人有什么不能满足的愿望，辄无意地投影于仪式或神话之上，正如表示在梦中一样。传说上李夫人杨贵妃的故事，民俗上童男女死后被召为天帝使者的信仰，都是无聊之极思，却也是真的人情之美的表现：我们知道这是迷信，但我确信这样虚幻的迷信里也自有其美与善的分子存在。这于死者的家人亲友是怎样好的一种慰藉，倘若他们相信——只要能够相信，百岁之后，或者在梦中夜里，仍得与已死的亲爱者相聚，相见！然而，可惜我们不相应地受到了科学的灌洗，既失却先人的可祝福的愚蒙，又没有养成画廊派哲人（Stoics）的超绝的坚忍，其结果是恰如牙根里露出的神经，因了冷风热气随时益增其痛楚。对于幻灭的现代人之遭逢不幸，我们于此更不得不特别表示同情之意。

我们小女儿若子生病的时候，齐女士很惦念她；现在若子已经好起来，还没有到学校去和老朋友一见面，她自己却已不见了。日后若子回忆起来时，也当永远是一件遗恨的事吧。

伤双栝老人[①] / *徐志摩*

看来你的死是无可置疑的了，宗孟先生，虽则你的家人们到今天还没法寻回你的残骸。最初消息来时，我只是不信，那其实是太奇特，太荒唐，太不近情。我曾经几回梦见你生还，叙述你历险的始末，多活现的梦境！但如今在栝树凋尽了青枝的庭院，再不闻"老人"的謦欬；真的没了，四壁的白联仿佛在微风中叹息。这三四十天来，哭你有你的内眷、姊妹、亲戚，悼你有你的私交，惜你有你的政友与国内无数爱君才调的士夫。志摩是你的一个忘年的小友。我不来敷陈你的事功，不来历叙你的言行；我也不来再加一份涕泪吊你最后的惨变。魂兮归来！此时在一个风满天的深夜握笑，就只两件事闪闪的在我心头：一是你的谐趣天成的风怀，一是髫年失怙的诸弟妹，他们，你在时，哪一息不是你的关切，便如今，料想你彷徨的阴魂也常在他们的身畔飘逗。平时相见，我倾倒你的语妙，往往含笑静听，不叫我的笨涩羼杂你的莹澈，但此后，

---

① 双栝老人，即林长民，字宗孟，晚清立宪派人士，辛亥革命后曾任临时参议院和众议院秘书长，1917 年任北洋政府司法总长。1926 年 12 月死于奉系军阀张作霖与其部下郭松龄的混战。

可恨这生死间无情的阻隔，我再没有那样的清福了！只当你是在我跟前，只当是消磨长夜的闲谈，我此时对你说些琐碎，想来你不至厌烦吧。

先说说你的弟妹。你知道我与小孩子们说得来，每回我到你家去，他们一群四五个，连着眼珠最黑的小五，浪一般的拥上我的身来，牵住我的手，攀住我的头，问这样，问那样；我要走时他们就着了忙，抢帽子的，锁门的，嗄着声音苦求的——你也曾见过我的狼狈。自从你的噩耗到后，可怜的孩子们，从不满四岁到十一岁，哪懂得生死的意义，但看了大人们严肃的神情，他们也都发了呆，一个个木鸡似的在人前愣着。有一天听说他们私下在商量，想组织一队童子军，冲出山海关去替爸爸报仇！

"栝安"那虚报到的一个早上，我正在你家。忽然间一阵天翻似的闹声从外院陡起，一群孩子拥着一位手拿电纸的大声的欢呼着，冲锋似的陷进了上房。果然是大胜利，该得庆祝的："爹爹没有事！""爹爹好好的！"徽①那里平安电马上发了去，省她急。福州电也发了去，省他们跋涉。但这欢喜的风景运定活不到三天，又叫接着来的消息给完全煞尽！

当初送你同去的诸君回来，证实了你的死信。那晚，你的骨肉一个个走进你的卧房，各自默恻恻地坐下，啊，那一阵子最难堪的噤寂，千万种痛心的思潮在各个人的心头，在这沉默的暗惨中，激荡、汹涌起伏。可怜的孩子们也都泪滢滢的攒聚在一处，相互的

---

① 徽，即林徽因 (1905—1955)，林长民的女儿，当时在美国留学。

偎着，半懂得情景的严重。霎时间，冲破这沉默，发动了决声的号
啕，骨肉间至性的悲哀——你听着吗，宗孟先生，那晚有半轮黄月
斜觑着北海白塔的凄凉？

我知道你不能忘情这一群童稚的弟妹。前晚我去你家时见小四
小五在灵帏前翻着筋斗，正如你在时他们常在你的跟前献技。"你
爹呢？"我拉住他们问。"爹死了。"他们嘻嘻地回答，小五搂住
了小四，一和身又滚做一堆！他们将来的养育是你身后唯一的问
题——说到这里，我不由得想起了你离京前最后几回的谈话。政治
生活，你说你不但尝够而且厌烦了。这五十年算是一个结束，明年
起你准备谢绝俗缘，亲自教课膝前的子女；这一清心你就可以用功
你的书法，你自觉你腕下的精力，老来只是健进，你打算再花二十
年工夫，打磨你艺术的天才；文章你本来不弱，但你想望的却不
是什么等身的著述，你只求沥一生的心得，淘成三两篇不易衰朽的
纯晶。这在你是一种觉悟；早年在国外初识面时，你每每自负你政
治的异禀，即在年前避居津地时你还以为前途不少有为的希望，直
至最近政态诡变，你才内省厌倦，认真想回复你书生逸士的生涯。
我从最初惊讶你清奇的相貌，惊讶你更清奇的谈吐，我便不阿附你
从政的热心，曾经有多少次我讽劝你趁早回航，领导这新时期的精
神，共同发现文艺的新土。即如前半年泰戈尔来时，你那兴会正不
让我们年轻人；你这半百翁登台演戏，不辞劳倦的精神正不知给了
我们多少的鼓舞！

不，你不是"老人"；你至少是我们后生中间的一个。在你的
精神里，我们看不见苍苍的鬓发，看不见五十年光阴的痕迹；你的

依旧是二三十年前"春痕"故事里的"逸"的风情——"万种风情无地着"，是你最得意的名句，谁料这下文竟命定是"辽原白雪葬华颠"！

谁说你不是君房的后身？可惜当时不曾记下你摇曳多姿的吐属，蓓蕾似的满缀着警句与谐趣，在此时回忆，只如天海远处的点点航影，再也认不分明。你常常自称厌世人。果然，这世界，这人情，哪禁得起你锐利的理智的解剖与抉别？你的锋芒，有人说，是你一生最吃亏的所在。但你厌恶的是虚伪，是矫情，是顽老，是乡愿的面目，那还不是该的？谁有你的豪爽，谁有你的倜傥，谁有你的幽默？你的锋芒，即使露，也绝不是完全在他人身上应用，你何尝放过你自己来？对己一如对人，你丝毫不存姑息，不存隐讳。这就够难能，在这无往不是矫揉的日子。再没有第二人，除了你，能给我这样脆爽的清谈的愉快。再没有第二人在我的前辈中，除了你，能使我感受这样的无"执"无"我"精神。

最可怜的是远在海外的徽徽，她，你曾经对我说，是你唯一的知己；你，她也曾对我说，是她唯一的知己。你们这父女不是寻常的父女。"做一个有天才的女儿的父亲，"你曾说，"不是容易享的福，你得放低你天伦的辈分先求做到友谊的了解。"徽，不用说，一生崇拜的就只你，她一生理想的计划中，哪件事离得了聪明不让她自己的老父？但如今，说也可怜，一切都成了梦幻，隔着这万里途程，她那弱小的心灵如何载得起这奇重的哀惨！这终天的缺陷，叫她问谁补去？佑着她吧，你不昧的阴灵，宗孟先生，给她健

康，给她幸福，尤其给她艺术的灵术——同时提携她的弟妹，共同
增荣雪池双栝的清名！

志摩纪念 / 周作人

　　面前书桌上放着九册新旧的书，这都是志摩的创作，有诗、文、小说、戏剧，——有些是旧有的，有些给小孩们拿去看丢了，重新买来的，《猛虎集》是全新的，衬页上写了这几行字："志摩飞往南京的前一天，在景山东大街遇见，他说还没有送你《猛虎集》，今天从志摩的追悼会出来，在景山书社买得此书。"

　　志摩死了，现在展对遗书，就只感到古人的人琴俱亡这一句话，别的没有什么可说。志摩死了，这样精妙的文章再也没有人能做了，但是，这几册书遗留在世间，志摩在文学上的功绩也仍长久存在。中国新诗已有十五六年的历史，可是大家都不大努力，更缺少锲而不舍地继续努力的人，在这中间志摩要算是唯一的忠实同志，他前后苦心地创办诗刊，助成新诗的生长，这个劳绩是很可纪念的，他自己又孜孜矻矻地从事于创作，自《志摩的诗》以至《猛虎集》，进步很是显然，便是像我这样外行也觉得这是显然。散文方面志摩的成就也并不小，据我个人的愚见，中国散文中现有几派，适之仲甫一派的文章清新明白，长于说理讲学，好像西瓜之有口皆甜，平伯废名一派涩如青果，志摩可以与冰心女士归在一派，仿佛是鸭儿梨的样子，流丽清脆，在白话的基本上加入古文方言欧化种种成分，使引车卖浆之徒的话进而为一种富有表现力的文章，这就是单从文体变迁上讲也是很大的一个贡献了。志摩的诗、文以及小说戏剧在新文学上的位置与价值，将来自有公正的文学史家会来精查公布，我这里只是笼统地回顾一下，觉得他半生的成绩已经很够不朽，而在这壮年，尤其是在这艺术地"复活"的时期中途凋丧，更是中国文学的一大损失了。

但是，我们对于志摩之死所更觉得可惜的是人的损失。文学的损失是公的，公摊了时个人所受到的只是一份，人的损失却是私的，就是分担也总是人数不会太多而分量也就较重了。照交情来讲，我与志摩不算顶深，过从不密切，所以留在记忆上想起来时可以引动悲酸的情感的材料也不很多，但即使如此我对于志摩的人的悼惜也并不少。的确如适之所说，志摩这人很可爱，他有他的主张，有他的派路，或者也许有他的小毛病，但是他的态度和说话总是和蔼真率，令人觉得可亲近，凡是见过志摩几面的人，差不多都受到这种感化，引起一种好感，就是有些小毛病小缺点也好像脸上某处的一颗小黑痣，也是造成好感的一小小部分，只令人微笑点头，并没有嫌憎之感。有人戏称志摩为诗哲，或者笑他的戴印度帽，实在这些戏弄里都仍含有好意的成分，有如老同窗要举发从前吃戒尺的逸事，就是有派别的作家加以攻击，我相信这所以招致如此怨恨者也只是志摩的阶级之故，而绝不是他的个人。适之又说志摩是诚实的理想主义者，这个我也同意，而且觉得志摩因此更是可尊了。这个年头儿，别的

什么都有，只是诚实却早已找不到，便是爪哇国里恐怕也不会
有了吧，志摩却还保守着他天真烂漫的诚实，可以说是世所稀
有的奇人了。我们平常看书看杂志报章，第一感到不舒服的是
那伟大的说谎，上自国家大事，下至社会琐闻，不是恬然地颠
倒黑白，便是无诚意地弄笔头，其实大家也各自知道是怎么一回
事，自己未必相信，也未必望别人相信，只觉得非这样地说不可，
知识阶级的人挑着一副担子，前面是一筐子马克思，后面是一口袋
尼采，也是数见不鲜的事，在这时候有一两个人能够诚实不欺地在
言行上表现出来，无论这是哪一种主张，总是很值得我们的尊重
了。关于志摩的私德，适之有代为辩明的地方，我觉得这并不成什
么问题。为爱惜私人名誉起见，辩明也可以说是朋友的义务。若是
从艺术方面看去这似乎无关重要。诗人文人这些人，虽然与专做好
吃的包子的厨子、雕好看的石像的匠人，略有不同，但总之小德逾
闲与否于其艺术没有多少关系，这是我想可以明言的。不过这也有
例外，假如是文以载道派的艺术家，以教训指导我们大众自任，以
先知哲人自任的，我们在同样谦恭地接受他的艺术以前，先要切实
地检察他的生活，若是言行不符，那便是假先知，须得谨防上他的
当。现今中国的先知有几个禁得起这种检察的呢，这我可不得而知
了。这或者是我个人的偏见亦未可知，但截至现在我还没有找到觉
得更对的意见，所以对于志摩的事也就只得仍是这样地看下去了。

志摩死后已是二十几天了，我早想写小文纪念他，可是这
从哪里去着笔呢？我相信写得出的文章大抵都是可有可无的，
真的深切的感情只有声音、颜色、姿势，或者可以表出十分之

一二，到了言语便有点儿可疑，何况又到了文字。文章的理想境界我想应该是禅，是个不立文字，以心传心的境界，有如世尊拈花，迦叶微笑，或者一声"且道"，如棒敲头，夯地一下顿然明了，才是正理，此外都不是路。我们回想自己最深密的经验，如恋爱和死生之至欢极悲，自己以外只有天知道，何曾能够于金石竹帛上留下一丝痕迹，即使呻吟作苦，勉强写下一联半节，也只是普通的哀辞和定情诗之流，哪里道得出一分苦甘，只看汗牛充栋的集子里多是这样物事，可知除圣人天才之外谁都难逃此难。我只能写可有可无的文章，而纪念亡友又不是可以用这种文章来敷衍的，而纪念刊的收稿期限又迫切了，不得已还得写，结果还只能写出一篇可有可无的文章，这使我不得不重又叹息。这篇小文的次序和内容差不多是套适之在追悼会所发表的演辞的，不过我的话说得很是素朴粗笨，想起志摩平素是爱说老实话的，那么我这种老实的说法或者是志摩的最好纪念亦未可知，至于别的一无足取也就没有什么关系了。

第二章

爱是一个个不连续的微小瞬间

母亲得暇便取出一个大簸箩，
里面装的是针线剪尺一类的缝纫器材，
她要做一些缝缝连连的工作，
这时候我总是一声不响地偎在她的身旁，
她赶我走我也不走，有时候竟睡着了。
母亲说我乖，也说我孤僻。
如今想想，一个人能有多少时间可以偎在母亲身旁？

想我的母亲 / 梁实秋

父母对子女的爱，子女对父母的爱，是神圣的。我写过一些杂忆的文字，不曾写过我的父母，因为关于这个题目我不敢轻易下笔。小民女士逼我写几句话，辞不获已，谨先略述二三小事以应，然已临文不胜风木之悲。

我的母亲姓沈，杭州人。世居城内上羊市街。我在幼时曾侍母归宁，时外祖母尚在，年近八十。外祖父入学后，没有更进一步的功名，但是课子女读书甚严。我的母亲教导我们读书启蒙，尝说起她小时苦读的情形。她同我的两位舅父一起冬夜读书，冷得腿脚僵冻，取大竹篓一，实以败絮，三个人伸足其中以取暖。我当时听得惕然心惊，遂不敢荒嬉。我的母亲来我家时年甫十八九，以后操持家务尽瘁终身，不复有暇进修。

我同胞兄弟姊妹十一人，母亲的煦育之劳可想而知。我记得我母亲常于百忙之中抽空给我们几个较小的孩子们洗澡。我怕肥皂水流到眼里，我怕痒，总是躲躲闪闪，总是格格地笑个不住，母亲没有工夫和我们纠缠，随手一巴掌打在身上，边洗边打边笑。

北方的冬天冷，屋里虽然有火炉，睡时被褥还是凉似铁。尤其是钻进被窝之后，脖子后面透风，冷气顺着脊背吹了进来。我们几个孩子睡一个大炕，头朝外，一排四个被窝。母亲每晚看到我们钻进了被窝，吱吱喳喳的笑语不停，便走过来把油灯吹熄，然后给我们一个个的把脖子后面的棉被塞紧，被窝立刻暖和起来，不知不觉的就睡着了。我不知道母亲用的是什么手法，只知道她塞棉被带给我无可言说的温暖舒适，我至今想起来还是快乐的，可是那个感受不可复得了。

我从小不喜欢喧闹。祖父母生日照例院里搭台唱傀儡戏或滦州影。一过八点我便掉头而去进屋睡觉。母亲得暇便取出一个大簸箩，里面装的是针线剪尺一类的缝纫器材，她要做一些缝缝连连的工作，这时候我总是一声不响地偎在她的身旁，她赶我走我也不走，有时候竟睡着了。母亲说我乖，也说我孤僻。如今想想，一个人能有多少时间可以偎在母亲身旁？

在我的儿时记忆中，我母亲好像是没有时候睡觉。天亮就要起来，给我们梳小辫是一桩大事，一根一根的梳个没完。她自己要梳头，我记得她用一把挀子蘸着刨花水，把头发弄得锃光大亮。然后她就要一听上房有动静便急忙前去当差。盖碗茶、燕窝、莲子、点心，都有人预备好了，但是需要她去双手捧着送到祖父母跟前，否则要儿媳妇做什么？在公婆面前，儿媳妇是永远站着，没有座位的。足足的站几个钟头下来，不是缠足的女人怕也受不了！最苦的是，公婆年纪大，不过午夜不安歇，儿媳妇要跟着熬夜在一旁侍候。她困极了，有时候回到房里来不及脱衣服倒下便睡着了。虽然如此，母亲从来没有发过一句怨言。到了民元前几年，祖父母相继去世，我母亲才稍得轻闲，然而主持家政教养儿女也够她劳苦的了。她抽暇隔几年返回杭州老家去度夏，有好几次都是由我随侍。

母亲爱她的家乡。在北京住了几十年，乡音不能完全改掉。我们常取笑她，例如北京的"京"，她说成"金"，她有时也跟我们学，总是学不好，她自己也觉得好笑。我有时学着说杭州话，她说难听死了，像是门口儿卖笋尖的小贩说的话。

我想一般人都会同意，凡是自己母亲做的菜永远是最好吃的。我的母亲平常不下厨房，但是她高兴的时候，尤其是父亲亲自到市场买回鱼鲜或其他南货的时候，在父亲特烦之下，她也欣然操起刀俎。这时候我们就有福了。我十四岁离家到清华，每星期回家一天，母亲就特别疼爱我，几乎很少例外的要亲自给我炒一盘冬笋木耳韭菜黄肉丝，起锅时浇一勺花雕酒，这是我最喜欢的一道菜。但是这一盘菜一定要母亲自己炒，别人炒味道就不一样了。

我母亲喜欢在高兴的时候喝几盅酒。冬天午后围炉的时候，她常要我们打电话到长发叫五斤花雕，绿釉瓦罐，口上罩着一张毛边纸，温热了倒在茶杯里和我们共饮。下酒的是大落花生，若是有"抓空儿的"，买些干瘪的花生吃则更有味。我和两位姊姊陪母亲一顿吃完那一罐酒。后来我在四川独居无聊，一斤花生一罐茅台当作晚饭，朋友们笑我吃"花酒"，其实是我母亲留下的作风。

我自从入了清华，以后和母亲在一起的时候就少了。抗战前后各有三年和母亲住在一起。母亲晚年喜欢听评剧，最常去的地方是吉祥，因为离家近，打个电话给卖飞票的，总有好的座位。我很后悔，我没能分出时间陪她听戏，只是由我的姊姊弟弟们陪她消遣。

我父亲曾对我说，我们的家所以成为一个家，我们几个孩子所以能成为人，全是靠了我母亲的辛劳维护。三十八年以后，音讯中断，直等到恢复联系，才知道母亲早已弃养，享寿九十岁。西俗，母亲节佩红康乃馨，如不确知母亲是否尚在则佩红白康乃馨各一。如今我只有佩白康乃馨的份了，养生送死，两俱有亏，惨痛惨痛！

我的父亲 / 汪曾祺

　　我父亲行三。我的祖母有时叫他的小名"三子"。他是阴历九月初九重阳节那天生的，故名菊生（我父亲那一辈生字排行，大伯父名广生，二伯父名常生），字淡如。他作画时有时也题别号：亚痴、灌园生……他在南京读过旧制中学。所谓旧制中学大概是十年一贯制的学堂。我见过他在学堂时用过的教科书，英文是纳氏文法，代数几何是线装的有光纸印的，还有"修身"什么的。他为什么没有升学，我不知道。"旧制中学生"也算是功名。他的这个"功名"我在我的继母的"铭旌"上见过，写的是扁宋体的泥金字，所以记得。什么是"铭旌"，看《红楼梦》贾府办秦可卿丧事那回就知道，我就不噜苏了。

　　我父亲年轻时是运动员。他在足球校队踢后卫。他是撑杆跳选手，曾在江苏全省运动会上拿过第一。他又是单杠选手。我还见过他在天王寺外边驻军所设置的单杠上表演过空中大回环两周，这在当时是少见的。他练过武术，腿上带过铁砂袋。练过拳，练过刀、枪。我见他施展过一次武功，我初中毕业后，他陪我到外地去投考高中，在小轮船上，一个初来的侦缉队以检查为名勒索乘客的钱财。我父亲一掌，把他打得一溜跟头，从船上退过跳板，一屁股坐在码头上。我父亲平常温文尔雅，我还没见过他动手打人，而且，真有两下子！我父亲会骑马。南京马场有一匹劣马，咬人，没人敢碰它，平常都用一截粗竹筒套住它的嘴。我父亲偷偷解开缰绳，一蹁腿骑了上去。一趟马道子跑下来，这马老实了。父亲还会游泳，水性很好。这些，我都不知道他是什么时候学的。

从南京回来后，他玩过一个时期乐器。他到苏州去了一趟，买回来好些乐器，笙箫管笛、琵琶、月琴、拉秦腔的胡胡、扬琴，甚至还有大小唢呐。唢呐我从未见他吹过。这东西吵人，除了吹鼓手、戏班子，一般玩乐器人都不在家里吹。一把大唢呐、一把小唢呐（海笛）一直放在他的画室柜橱的抽屉里。我们孩子们有时翻出来玩。没有哨子，吹不响，只好把铜嘴含在嘴里，自己呜呜作声，不好玩！他的一支洞箫、一支笛子，都是少见的上品。洞箫箫管很细，外皮作殷红色，很有年头了。笛子不是缠丝涂了一节一节黑漆的，是整个笛管擦了莩莩紫漆的，比常见的笛子管粗。箫声幽远，笛声圆润。我这辈子吹过的箫笛无出其右者。这两支箫笛不是从乐器店里买的，是花了大价钱从私人手里买的。他的琵琶是很好的，但是拿去和一个理发店里换了。他拿回理发店的那面琵琶又脏又旧、油里咕叽的。我问他为什么要换了这么一面脏琵琶回来，他说："这面琵琶声音好！"理发店用一面旧琵琶换了他的几乎是全新的琵琶，当然乐意。不论什么乐器，他听听别人演奏，看看指法，就能学会，他弹过一阵古琴，说：都说古琴很难，其实没有什么。我的一个远房舅舅，有一把一个法国神父送他的小提琴，我父

亲跟他借回来，鼓揪鼓揪，几天工夫，就能拉出曲子来，据我父亲
说：乐器里最难、最要功夫的，是胡琴。别看它只有两根弦，很简
单，越是简单的东西越不好弄。他拉的胡琴我拉不了，弓子硬马尾
多，滴的松香很厚，松香拉出一道很窄的深槽，我一拉，马尾就跑
到深槽的外面来了。父亲不在家的时候我有时使劲拉一小段，我父
亲一看松香就知道我动过他的胡琴了。他后来不大摆弄别的乐器
了，只有胡琴是一直拉着的。

　　摒挡丝竹以后，父亲大部分时间用于画画和刻图章，他画画
并无真正的师承，只有几个画友。画友中过从较密的是铁桥，是一
个和尚，善因寺的方丈。我写的小说《受戒》里的石桥，就是以他
为原型的。铁桥曾在苏州邓尉山一个庙里住过，他作画有时下款题
为"邓尉山僧"。我父亲第二次结婚，娶我的第一个继母，新房里
就挂了铁桥的一个条幅，泥金纸，上角画了几枝桃花，两只燕子，
款题"淡如仁兄嘉礼弟铁桥写贺"。在新房里挂一幅和尚的画，我
的父亲可谓全无禁忌；这位和尚和俗人称兄道弟，也真是不拘礼
法。我上小学的时候，就觉得他们有点"胡来"。这条画的两边还
配了我的一个舅舅写的一幅虎皮宣的对子："蝶欲试花犹护粉，莺
初学啭尚羞簧"，我后来懂得对联的意思了，觉得实在很不像话！
铁桥能画，也能写。他的字写石鼓，画法任伯年。根据我的印象，
都是相当有功力的。我父亲和铁桥常来往，画风却没有怎么受他的
影响。也画过一阵工笔花卉。我们那里的画家有一种理论，画画要
从工笔入手，也许是有道理的。扬州有一位专画菊花的画家，这位
画家画菊按朵论价，每朵大洋一元。父亲求他画了一套菊谱，二尺

见方的大册页。我有个姑太爷，也是画画的，说："像他那样的玩法，我们玩不起！"兴化有一位画家徐子兼，画猴子，也画工笔花卉。我父亲也请他画了一套册页。有一开画的是罂粟花，薄瓣透明，十分绚丽。一开是月季，题了两行字："春水蜜波为花写照"。"春水""蜜波"是月季的两个品种，我觉得这名字起得很美，一直不忘。我见过父亲画工笔菊花，原来花头的颜色不是一次敷染，要"加"几道。扬州有菊花名种"晓色"，父亲说这种颜色最不好画。"晓色"，很空灵，不好捉摸。他画成了，我一看，是晓色！他后来改了画写意，用笔略似吴昌硕，照我看，我父亲的画是有功力的，但是"见"得少，没有行万里路，多识大家真迹，受了限制。他又不会作诗，题画多用前人陈句，故布局平稳，缺少创意。

父亲刻图章，初宗浙派，清秀规矩。他年轻时刻过一套《陋室铭》印谱，有几方刻得不错，但是过于著意，很拘谨。有"兰带""折钉"，都是"做"出来的。有一方"草色入帘青"是双钩，我小时觉得很好看，稍大，即觉得纤巧小气。《陋室铭》印谱只是他初学刻印的成绩。三十多岁后，渐渐豪放，以治汉印为主。他有一套端方的《匋斋印存》，经常放在案头。有时也刻浙派少印。我记得他给一个朋友张仲陶刻过一块青田涷石小长方印，文曰"中匋"，实在漂亮。"中匋"两字也很好安排。

刻印的人多喜藏石。父亲的石头是相当多的，他最心爱的是三块田黄，我在小说《岁寒三友》中写的靳彝甫的三块田黄，实际上写的是我父亲的三块图章。

他盖章用的印泥是自己做的。用的是"大劈砂"，这是朱砂里最贵重的。大劈砂深紫色的，片状，制成印泥，鲜红夺目。他说见过一些明朝画，纸色已经灰暗，而印色鲜明不变。大劈砂盖的图章可以"隐指"，即用手指摸摸，印文是鼓出的。他的画室的书橱里摆了一列装在玻璃瓶的大劈砂和陈年的蓖麻子油，蓖麻油是调印色用的。

　　我父亲手很巧，而且总是活得很有兴致。他会做各种玩意。元宵节，他用通草（我们家开药店，可以选出很大片的通草。）为瓣，用画牡丹的西洋红（西洋红很贵，齐白石作画，有一个时期，如用西洋红，是要加价的。）染出深浅，做成一盏荷花灯，点了蜡烛，比真花还美。他用蝉翼笺染成浅绿，以铁丝为骨，做了一盏纺织娘灯，下安细竹棍。我和姐姐提了，举着这两盏灯上街，到邻居家串门，好多人围着看。清明节前，他糊风筝。有一年糊了一只蜈蚣（我们那里叫"百脚"），是绢糊的，他用药店里称麝香用的小戥子约蜈蚣两边的鸡毛，——鸡毛必须一样重，否则上天就会打滚。他放这只蜈蚣不是用的一般线，是胡琴的老弦。我们那里用老弦放风筝的，家父实为第一人（用老弦放风筝，风筝可以笔直地飞上去，没有"肚子"）。他带了几个孩子在傅公桥麦田里放风筝。这时麦子尚未"起身"，是不怕踩的，越踩越旺。春服既成，惠风和畅，我父亲这个孩子头带着几个孩子，在碧绿的麦垄间奔跑呼叫，为乐如何？我想念我的父亲（我现在还常常梦见他），想念我的童年，虽然我现在是七十二岁，皤然一老了。夏天，他给我们糊养金铃子的盒子。他用钻石刀把玻璃裁成一小块一小块，再合拢，接缝处用皮纸糨糊固定，再加两道细蜡笺条，成了一只船、一座小亭子、一个八角玲珑玻璃球，里面养着金铃子。隔着玻璃，可以看到金铃子在里面爬，吃切成小块的梨，张开翅膀"叫"。秋天，买来拉秧的小西瓜，把瓜瓤掏空，在瓜皮上镂刻出很细致的图案，做成几盏西瓜灯，西瓜灯里点了蜡烛，撒下一片绿光，父亲鼓捣半天，就为让孩子高兴一晚上。我的童年是很美的。

我母亲死后，父亲给她糊了几箱子衣裳，单夹皮棉，四时不缺。他不知从哪里搜罗来各种颜色，砑出各种花样的纸。听我的大姑妈说，他糊的皮衣跟真的一样，能分出滩羊、灰鼠。这些衣服我没看见过，但他用剩的色纸，我见过。我们用来折"手工"。有一种纸，银灰色，正像当时时兴的"慕本缎子"。

我父亲为人很随和，没架子。他时常周济穷人，参与一些有关公益的事情。因此在地方上人缘很好。民国二十年（1931年）发大水，大街成了河。我每天看见他蹚着齐胸的水出去，手里横执了一根很粗的竹篙，穿一身直罗褂，他出去，主要是办赈济。我在小说《钓鱼的医生》里写王淡人有一次乘了船，在腰里系了铁链，让几个水性很好的船工也在腰里系了铁链，一头拴在王淡人的腰里，冒着生命危险，渡过激流，到一个被大水围困的孤村去为人治病，这写的实际是我父亲的事。不过他不是去为人治病，而是去送"华洋义赈会"发来的面饼（一种很厚的面饼，山东人叫"锅盔"）。这件事写进了地方上人送给我祖父的六十寿序里，我记得很清楚。

父亲后来以为人医眼为职业。眼科是汪家祖传。我的祖父、大伯父都会看眼科。我不知道父亲懂眼科医道。我十九岁离开家乡，离乡之前，我没见过他给人看眼睛。去年回乡，我的妹婿给我看了一册父亲手抄的眼科医书，字很工整，是他年轻时抄的。那么，他是在眼科上下过功夫的。听说他的医术还挺不错。有一邻居的孩子得了眼疾，双眼肿得像桃子，眼球红得像大红缎子。父亲看过，说不要紧。他叫孩子的父亲到阴城（一片乱葬坟场，很大，很野，据说韩世忠在这里打过仗。）去捉两个大田螺来。父亲在田螺里倒进两管鹅翎眼药，两撮冰片，把田螺扣在孩子的眼睛上，过了一会田螺壳裂了。据那个孩子说，他睁开眼，看见天是绿的。孩子的眼好了。一生没有再犯过眼病。田螺治眼，我在任何医书上没看见过，也没听说过。这个"孩子"现在还在，已经五十几岁了，是个理发师傅。去年我回家乡，从他的理发店门前经过，那天，他又把我父亲给他治眼的经过，向我的妹婿详细地叙述了一次。这位理发师傅希望我给他的理发店写一块招牌。当时我很忙，没有来得及给他写。我会给他写的。一两天就写了托人带去。

我父亲配制过一次眼药。这个配方现在还在，但是没有人配得起，要几十种贵重的药，包括冰片、麝香、熊胆、珍珠……珍珠要是人戴过的。父亲把祖母帽子上的几颗大珠子要了去。听我的第二个继母说，他制药极其虔诚，三天前就洗了澡（"斋戒沐浴"），一个人住在花园里，把三道门都关了，谁也不让去。

父亲很喜欢我。我母亲死后，他带着我睡。他说我半夜醒来就笑。那时我三岁（实年）。我到江阴去投考南菁中学，是他带着我去的。住在一个市庄的栈房里，臭虫很多。他就点了一支蜡烛，见有臭虫，就用蜡烛油滴在它身上。第二天我醒来，看见席子上好多好多蜡烛油点子。我美美地睡了一夜，父亲一夜未睡。我在昆明时，他还在信封里用玻璃纸包了一小包"虾松"寄给我过。我父亲很会做菜，而且能别出心裁。我的祖父春天忽然想吃螃蟹。这时候哪里去找螃蟹？父亲就用瓜鱼（即水仙鱼）给他伪造了一盘螃蟹，据说吃起来跟真螃蟹一样。"虾松"是河虾剁成米大小粒，掺以小酱瓜丁，入温油炸透。我也吃过别人做的"虾松"，都比不上我父亲的手艺。

我很想念我的父亲，现在还常常做梦梦见他。我的那些梦本和他不相干，我梦里的那些事，他不可能在场，不知道怎么会掺和进来了。

回声 / 李广田

不怕老祖父的竹戒尺，也还是最喜欢跟着母亲到外祖家去，这原因是为了去听琴。

外祖父是一个花白胡须的老头子，在他的书房里也有一张横琴，然而我并不喜欢这个。外祖父常像瞌睡似的俯在他那横琴上，慢慢地拨弄那些琴弦，发出如苍蝇的营营声，苍蝇，多么腻人的东西，毫无精神，叫我听了只是心烦，那简直就如同老祖父硬逼我念古书一般。我与其听这营营声，还不如到外边的篱笆上听一片枯叶的歌子更好些。那是在无意中被我发现的。一日，我从篱下过，一种奇怪的声音招呼我，那仿佛是一只蚂蚱的振翅声，又好像一只小鸟的剥啄。然而这是冬天，没有蚂蚱，也不见啄木鸟，虽然在想象中我已经看见驾着绿鞍的小虫，和穿着红裙的没尾巴小鸟。那声音又似在故意逗我，一会唱唱，一会又歇歇。我费了不少时间终于寻到那个发声的机关：是篱笆上一片枯叶，在风中颤动，与枯枝磨擦而发出好听的声响，我喜欢极了，我很想告诉外祖："放下你的，来听我的吧。"但因为要偷偷藏住这点快乐，终于也不曾告诉别人。

然而我所最喜欢的还不在此。我还是喜欢听琴——听那张长大无比的琴。

那时候我当然还没有一点地理知识。但又不知是从什么人听说过：黄河是从西天边一座深山中流来，黄荡荡如来自天上，一直泻入东边的大海，而中间呢，中间就恰好从外祖家的屋后流过。这是天地间一大奇迹，这奇迹，常常使我用心思索。黄河有多长，河堤也有多长，而外祖家的房舍就紧靠着堤身。这一带居民均占有这种便宜，不但在官地上建造房屋，而且以河堤作为后墙，故从前面看去，俨然如一排土楼，从后面看去，则只能看见一排茅檐。堤前堤后，均有极其整齐的官柳，冬夏四季，都非常好看。而这道河堤，这道从西天边伸到东天边的河堤，便是我最喜欢的一张长琴：堤身即琴身，堤上的电杆木就是琴柱，电杆木上的电线就是琴弦了。

最乐意到外祖家去，而且乐意到外祖家夜宿，就是为了听这长琴的演奏。

只要是有风的日子，就可以听到这长琴的嗡嗡声。那声音颇难比拟，人们说那像老头子哼哼，我心里却甚难佩服。尤其当深夜时候，尤其是在冬天的夜里，睡在外祖母的床上，听着墙外的琴声简直不能入睡。冬夜的黑暗是容易使人想到许多神怪事物的，而在一个小孩子的心里却更容易遐想，这嗡嗡的琴声就作了使我遐想的序曲。我从那黄河发源地的深山，缘着琴弦，想到那黄河所倾注的大海。我猜想那山是青色的，山里有奇花异草，有珍禽怪兽；我猜想那海水是绿色的，海上满是小小白帆，水中满是翠藻银鳞。而我自己呢，仿佛觉得自己很轻，很轻，我就缘着那条琴弦飞行。我看见那条琴弦在月光中发着银光，我可以看到它的两端，却又觉得那琴弦长到无限。我渐渐有些晕眩，在晕眩中我用一个小小铁锤敲打那条琴弦，于是那琴弦就发出嗡嗡的声响。这嗡嗡的琴声就直接传到我的耳里，我仿佛飞行了很远很远，最后才发觉自己仍是躺在温暖的被里。我的想象又很自然地转到外祖父身上，我又想起外祖父的横琴，想起那横琴的腻人的营营声。这声音和河堤的长琴混合起来，我乃觉得非常麻烦，仿佛眼前有无数条乱丝搅动在一起。我的思想愈思愈乱，我看见外祖父也变了原来的样子，他变成一个雪白须眉的老人，连衣服也是白的，为月光所洗，浑身上下颤动着银色的波纹。我知道这已不复是外祖，乃是一个神仙、一个妖怪，他每天夜里在河堤上敲打琴弦。我极力想把那老人的影像同外祖父分开，然而不可能，他们老是纠缠在一起。我感到恐怖。我的恐怖却又诱惑我到月夜中去，假如趁这时候一个人跑到月夜的河堤上该是怎样呢。恐怖是美丽的，然而到底还是恐怖。最后连我自己也分裂为二，我的灵魂在月光下的河堤上伫立，感到寒战，而我的身子却越发地向被下畏缩，直到蒙头裹脑睡去为止。

在这样的夜里，我会做出许多怪梦，可惜这些梦也都同过去的许多事实一样，都被我忘在模糊中了。

来到外祖家，我总爱一个人跑到河堤上，尤其每次刚刚来到的次日早晨，不管天气多么冷，也不管河堤上的北风多么凛冽，我总愿偷偷地跑到堤上，紧紧抱住电杆木，把耳朵靠在电杆上，听那最清楚的嗡嗡声。有时还故意地用力踢那电杆木，使那嗡嗡声发出一种节奏，心里觉得特别喜欢。

然而北风的寒冷总是难当的，我的手、我的脚、我的耳朵，其初是疼痛，最后是麻木，回到家里才知道已经成了冻疮，尤以脚趾肿痛得最厉害。因此，我有一整个冬季不能到外祖家去，而且也不能出门，闷在家里，我真是寂寞极了。

"为了不能到外祖家去听琴，便这样忧愁的吗？"老祖母见我郁郁不快的神色，这样子慰问我。不经慰问倒还是无事，这最知心的慰问才更唤起我的悲哀。

祖母的慈心总是值得感激的，时至现在，则可以说是值得纪念的了，因为她已完结了她最平凡的，也可以说是最悲剧的一生，升到天国去了。在当时，她曾以种种方法使我快乐，虽然她所用的方法不一定能使我快乐。

她给我说故事，给我唱谣曲，给我说黄河水灾的可怕，说老祖宗兜土为山的传说，并用竹枝草叶为我做种种玩具。亏她想得出：她又把一个小瓶悬在风中叫我听琴。

那是怎样的一个小瓶啊，那个小瓶可还存在吗，提起来倒是非常怀念了。那瓶的大小如苹果，浑圆如苹果，只是多出一个很小很厚的瓶嘴儿。颜色是纯白，材料很粗糙，并没有什么光亮的瓷釉。那种质朴老实样子，叫人疑心它是一件古物，而那东西也确实在我家传递了许多世代。老祖母从一个旧壁橱中找出这小瓶时，小心地拂拭着瓶上的尘土，以严肃的微笑告诉道："别看这小瓶不好，这却是祖上的传家宝呢。我们的老祖宗——可是也不记得是哪一位了，但愿他在天上作神仙——他是一个好心肠的医生，他用他的通神的医道救活过许多垂危的人。他曾用许多小瓶珍藏一些灵药，而这个小白瓶儿就是被传留下来的一个。"一边说着，一边又显出非常惋惜的神气。我听了老祖母的话也默然无语，因为我也同样地觉得很惋惜。我想象当年一定有无数这样大小瓶儿，同样大，同样圆，同样是白色，同样是好看，可是现在就只剩着这么一个了。那些可爱的小瓶儿都分散到哪里去了呢？而且还有那些灵药，还有老祖宗的好医术呢？我简直觉得可哀了。

那时候老祖母有多大年纪，也不甚清楚，但总是五十多岁的人吧，虽然头发已经苍白，身体却还相当的康健，她不惮烦劳地为我做着种种事情。

把小白瓶拂拭洁净之后，她乃笑着对我说道："你看，你看，这样吹，这样吹。"同时说着把瓶口对准自己的嘴唇把小瓶吹出呜呜的鸣声。我喜欢极了，当然她是更喜欢。她教我学吹，我居然也吹得响。于是她又说："这还不算为奇，我要把它系在高杆上，北风一吹，它也会呜呜地响。这就和你在河堤上听琴是一样的了。"

她继续忙着。她向几个针线筐里乱翻，她是要找寻一条结实的麻线。她把麻线系住瓶口，又自己搬一把高大的椅子，放在一根晒衣服的高杆下面。唉，这些事情我记得多么清楚啊！她在椅子上摇摇晃晃的样子，现在叫我想起来才觉得心惊。而且那又是在冷风之中，她摇摇晃晃地立在椅子上，伸直了身子，举起了双手，把小白瓶向那晒衣杆上紧系。她把那麻绳缠一匝，又一匝，结一个疙瘩，又一个疙瘩，唯恐那小瓶被风吹落，摔碎了祖宗的宝贝。她笑着，我也笑着，却都不曾言语。我们只等把小瓶系牢之后立刻就听它发出呜呜响声。老祖母把一条长麻线完全结在上边了，她摇摇晃晃地从椅子上下来，我看出她的疲乏，我听出她的喘哮来了，然而，然而那个小瓶，在风中却没有一点声息。

我同老祖母都仰着脸望那风中的瓶儿，两人心中均觉得黯然，然而老祖母却还在安慰我："好孩子，不必发愁，今天风太小，几时刮大风，一定可以听到呜呜响了。"

以后过了许多日子，也刮过好多次老北风，然而那小白瓶还是一点不动，不发出一点声息。

现在我每逢走过电杆木，听见电杆木发出嗡嗡声时，就很自然地想起这些。现在外祖家已经衰落不堪，只剩下孤儿寡妇，一个舅母和一个表弟，在赤贫中过困苦日子，我的老祖父和祖母也都去世多年了。

悼沈叔薇 / 徐志摩

　　[沈叔薇是我的一个表兄，从小同学，高小中学（杭州一中）都是同班毕业的，他是今年九月死的。]

　　叔薇，你竟然死了，我常常地想着你，你是我一生最密切的一个人，你的死是我的一个不可补偿的损失。我每次想到生与死的究竟时，我不定觉得生是可欲，死是可悲，我自己的经验与默察只使我相信生的底质是苦不是乐，是悲哀不是幸福，是泪不是笑，是拘束不是自由：因此从生入死，在我有时看来，只是解化了实体的存在，脱离了现象的世界，你原来能辨别苦乐、忍受折磨的性灵，在这最后的呼吸离窍的俄顷，又投入了一种异样的冒险。我们不能轻易地断定那一边没有阳光与人情的温慰，亦不能设想苦痛的灭绝。但生死间终究有一个不可掩讳的分别，不论你怎样的看法。出世是一件大事，死亡亦是一件大事。一个婴儿出母胎时他便与这生的世界开始了关系，这关系却不能随着他去后的躯壳埋掩，这一生与一死，不论相间的距离怎样的短，不论他生时的世界怎样的仄——这一生死便是一个不可销毁的事实：比如海水每多一次潮涨海滩便多受一次泛滥，我们全体的生命的滩沙里，我想，也存记着最微小的波动与影响……

　　而况我们人又是有感情的动物。在你活着的时候，我可以携着你的手，谈我们的谈，笑我们的笑，一同在野外仰望天上的繁星，或是共感秋风与落叶的悲凉……叔薇，你这几年虽则与我不易相见，虽则彼此处世的态度更不如童年时的一致，但我知道，我相信在你的心里还留着一部分给我的情愿，因为你也在我的胸中永占着相当的关切。我忘不了你，你也忘不了我。每次我回家乡时，我往往在不曾解卸行装前已经亟亟的寻求，欣欣的重温你的伴侣。但如今在你我间的距离，不再是可以度量的里程，却是一切距离中最辽远的一种距离——生与死的距离。我下次重归乡土，再没有机会与你携手谈笑，再不能与你相与恣纵早年的狂态，我再到你们家去，至多只能抚摩你的寂寞的灵帏，仰望你的惨淡的遗容，或是手拿一把鲜花到你的坟前凭吊！

　　叔薇，我今晚在北京的寓里，在一个冷静的秋夜，倾听着风催落叶的秋声，咀嚼着为你兴起的哀思，这几行文字，虽则是随意写下，不成章节，但在这抒写自来情感的俄顷，我仿佛又一度接近了你生前温驯的、谐趣的人格，仿佛又见着了你瘦脸上的枯涩的微笑——比在生前更谐合的更密切的接近。

　　我没有多少的话对你说，叔薇，你得宽恕我；当你在世时我们亦很少相互倾吐的机会。你去世的那一天我来看你，那时你的头上、你的眉目间，已经刻画着死的晦色，我叫了你一声叔薇，你也从枕上侧面来回叫我一声志摩，那便是我们在永别前最后的缘分！我永远忘不了那时病榻前的情景！

　　我前面说生命不定是可喜，死亦不定可畏：叔薇，你的一生尤
其不曾尝味过生命里可能的乐趣，虽则你是天生的达观，从不曾慕
羡虚荣的人间；你如其继续地活着，支撑着你的多病的筋骨，委蛇
你无多沾恋的家庭，我敢说这样的生转不如撒手去了的干净！况且
你生前至爱的骨肉，亦久已不在人间，你的生身的爹娘，你的过继
的爹娘（你的姑母），你的姊姊——可怜娟姊，我始终不曾一度凭
吊——还有你的爱妻，他们都在坟墓的那一边满开着他们天伦的怀
抱，守候着他们最爱的"老五"，共享永久的安闲……

你的表弟志摩

阿长与《山海经》/鲁迅

长妈妈，已经说过，是一个一向带领着我的女工，说得阔气一点，就是我的保姆。我的母亲和许多别的人都这样称呼她，似乎略带些客气的意思。只有祖母叫她阿长。我平时叫她"阿妈"，连"长"字也不带；但到憎恶她的时候，——例如知道了谋死我那隐鼠的却是她的时候，就叫她阿长。

我们那里没有姓长的；她生得黄胖而矮，"长"也不是形容词。又不是她的名字，记得她自己说过，她的名字是叫作什么姑娘的。什么姑娘，我现在已经忘却了，总之不是长姑娘；也终于不知道她姓什么。记得她也曾告诉过我这个名称的来历：先前的先前，我家有一个女工，身材生得很高大，这就是真阿长。后来她回去了，我那什么姑娘才来补她的缺，然而大家因为叫惯了，没有再改口，于是她从此也就成为长妈妈了。

虽然背地里说人长短不是好事情，但倘使要我说句真心话，我可只得说：我实在不大佩服她。最讨厌的是常喜欢切切察察，向人们低声絮说些什么事，还竖起第二个手指，在空中上下摇动，或者点着对手或自己的鼻尖。我的家里一有些小风波，不知怎的我总疑心和这"切切察察"有些关系。又不许我走动，拔一株草，翻一块石头，就说我顽皮，要告诉我的母亲去了。一到夏天，睡觉时她又伸开两脚两手，在床中间摆成一个"大"字，挤得我没有余地翻身，久睡在一角的席子上，又已经烤得那么热。推她呢，不动；叫她呢，也不闻。

"长妈妈生得那么胖，一定很怕热吧？晚上的睡相，怕不见得很好吧？……"

母亲听到我多回诉苦之后，曾经这样地问过她。我也知道这意思是要她多给我一些空席。她不开口。但到夜里，我热得醒来的时候，却仍然看见满床摆着一个"大"字，一条臂膊还搁在我的颈子上。我想，这实在是无法可想了。

但是她懂得许多规矩；这些规矩，也大概是我所不耐烦的。一年中最高兴的时节，自然要数除夕了。辞岁之后，从长辈得到压岁钱，红纸包着，放在枕边，只要过一宵，便可以随意使用。睡在枕上，看着红包，想到明天买来的小鼓、刀枪、泥人、糖菩萨……然而她进来，又将一个福橘放在床头了。

"哥儿，你牢牢记住！"她极其郑重地说，"明天是正月初一，清早一睁开眼睛，第一句话就得对我说：'阿妈，恭喜恭喜！'记得么？你要记着，这是一年的运气的事情。不许说别的话！说过之后，还得吃一点福橘。"她又拿起那橘子来在我的眼前摇了两摇，"那么，一年到头，顺顺流流……"

梦里也记得元旦的，第二天醒得特别早，一醒，就要坐起来。她却立刻伸出臂膊，一把将我按住。我惊异地看她时，只见她惶急地看着我。

她又有所要求似的，摇着我的肩。我忽而记得了——

"阿妈，恭喜……"

"恭喜恭喜！大家恭喜！真聪明！恭喜恭喜！"她于是十分欢喜似的，笑将起来，同时将一点冰冷的东西，塞在我的嘴里。我大吃一惊之后，也就忽而记得，这就是所谓福橘，元旦辟头的磨难，总算已经受完，可以下床玩耍去了。

她教给我的道理还很多，例如说人死了，不该说死掉，必须说"老掉了"；死了人，生了孩子的屋子里，不应该走进去；饭粒落在地上，必须拣起来，最好是吃下去；晒裤子用的竹竿底下，是万不可钻过去的……此外，现在大抵忘却了，只有元旦的古怪仪式记得最清楚。总之，都是些烦琐之至，至今想起来还觉得非常麻烦的事情。

然而我有一时也对她发生过空前的敬意。她常常对我讲"长毛"。她之所谓"长毛"者，不但洪秀全军，似乎连后来一切土匪强盗都在内，但除却革命党，因为那时还没有。她说的长毛非常可怕，他们的话就听不懂。她说先前长毛进城的时候，我家全都逃到海边去了，只留一个门房和年老的煮饭老妈子看家。后来长毛果然进门来了，那老妈子便叫他们"大王"，——据说对长毛就应该这样叫，——诉说自己的饥饿。长毛笑道："那么，这东西就给你吃了吧！"将一个圆圆的东西掷了过来，还带着一条小辫子，正是那门房的头。煮饭老妈子从此就骇破了胆，后来一提起，还是立刻面如土色，自己轻轻地拍着胸脯道："阿呀，骇死我了，骇死我了……"

　　我那时似乎倒并不怕，因为我觉得这些事和我毫不相干的，我不是一个门房。但她大概也即觉到了，说道："像你似的小孩子，长毛也要掳的，掳去做小长毛。还有好看的姑娘，也要掳。"

　　"那么，你是不要紧的。"我以为她一定最安全了，既不做门房，又不是小孩子，也生得不好看，况且颈子上还有许多炙疮疤。

　　"哪里的话？！"她严肃地说。"我们就没有用么？我们也要被掳去。城外有兵来攻的时候，长毛就叫我们脱下裤子，一排一排地站在城墙上，外面的大炮就放不出来；再要放，就炸了！"

　　这实在是出于我意想之外的，不能不惊异。我一向只以为她满肚子是麻烦的礼节罢了，却不料她还有这样伟大的神力。从此对于她就有了特别的敬意，似乎实在深不可测；夜间的伸开手脚，占领全床，那当然是情有可原的了，倒应该我退让。

　　这种敬意，虽然也逐渐淡薄起来，但完全消失，大概是在知道她谋害了我的隐鼠之后。那时就极严重地诘问，而且当面叫她阿长。我想我又不真做小长毛，不去攻城，也不放炮，更不怕炮炸，我惧惮她什么呢！

　　但当我哀悼隐鼠，给它复仇的时候，一面又在渴慕着绘图的《山海经》了。这渴慕是从一个远房的叔祖惹起来的。他是一个胖胖的、和蔼的老人，爱种一点花木，如珠兰、茉莉之类，还有极其少见的，据说从北边带回去的马缨花。他的太太却正相反，什么也莫名其妙，曾将晒衣服的竹竿搁在珠兰的枝条上，枝折了，还要愤愤地咒骂道："死尸！"这老人是个寂寞者，因为无人可谈，就很爱和孩子们往来，有时简直称我们为"小友"。在我们聚族而居的宅子里，只有他书多，而且特别。制艺和试帖诗，自然也是有的；但我却只在他的书斋里，看见过陆玑的《毛诗草木鸟兽虫鱼疏》，还有许多名目很生的书籍。我那时最爱看的是《花镜》，上面有许多图。他说给我听，曾经有过一部绘图的《山海经》，画着人面的兽，九头的蛇，三脚的鸟，生着翅膀的人，没有头而以两乳当作眼睛的怪物，……可惜现在不知道放在哪里了。

我很愿意看看这样的图画，但不好意思力逼他去寻找，他是很疏懒的。问别人呢，谁也不肯真实地回答我。压岁钱还有几百文，买吧，又没有好机会。有书买的大街离我家远得很，我一年中只能在正月间去玩一趟，那时候，两家书店都紧紧地关着门。

玩的时候倒是没有什么的，但一坐下，我就记得绘图的《山海经》。

大概是太过于念念不忘了，连阿长也来问《山海经》是怎么一回事。这是我向来没有和她说过的，我知道她并非学者，说了也无益；但既然来问，也就都对她说了。

过了十多天，或者一个月吧，我还记得，是她告假回家以后的四五天，她穿着新的蓝布衫回来了，一见面，就将一包书递给我，高兴地说道：

"哥儿，有画儿的'三哼经'，我给你买来了！"

我似乎遇着了一个霹雳，全体都震悚起来；赶紧去接过来，打开纸包，是四本小小的书，略略一翻，人面的兽，九头的蛇，……果然都在内。

这又使我发生新的敬意了，别人不肯做，或不能做的事，她却能够做成功。她确有伟大的神力。谋害隐鼠的怨恨，从此完全消灭了。

这四本书，乃是我最初得到，最为心爱的宝书。

书的模样，到现在还在眼前。可是从还在眼前的模样来说，却是一部刻印都十分粗拙的本子。纸张很黄；图像也很坏，甚至于几乎全用直线凑合，连动物的眼睛也都是长方形的。但那是我最为心爱的宝书，看起来，确是人面的兽；九头的蛇；一脚的牛；袋子似的帝江；没有头而"以乳为目，以脐为口"，还要"执干戚而舞"的刑天。

此后我就更其搜集绘图的书，于是有了石印的《尔雅音图》和《毛诗品物图考》，又有了《点石斋丛画》和《诗画舫》。《山海经》也另买了一部石印的，每卷都有图赞，绿色的画，字是红的，比那木刻的精致得多了。这一部直到前年还在，是缩印的郝懿行疏。木刻的却已经记不清是什么时候失掉了。

我的保姆，长妈妈即阿长，辞了这人世，大概也有了三十年了吧。我终于不知道她的姓名、她的经历，仅知道有一个过继的儿子，她大约是青年守寡的孤孀。

仁厚黑暗的地母呵，愿在你怀里永安她的魂灵！

猫 / 靳以

猫好像在活过来的时日中占了很大的一部，虽然现在一只也不再在我的身边厮扰。

当着我才进了中学，就得着了那第一只。那是从一个友人的家中抱来，很费了一番手才送到家中。它是一只黄色的，像虎一样的斑纹，只是生性却十分驯良。那时候它才下生两个月，也像其他的小猫一样欢喜跳闹，却总是被别的欺负的时候居多。友人送我的时候就这样说：

"你不是欢喜猫么，就抱去这只吧。你看它是多么可怜的样子，怕长不大就会死了。"

我都不能想那时候我是多么高兴，当我坐在车上，装在布袋中的它就放在我的腿上。呵，它是一个活着的小动物，时时会在我的腿上蠕动的。我轻轻地拍着它，它不叫也不闹，只静静地卧在那里，像一个十分懂事的东西。我还记得那是夏天，它的皮毛使我在冒着汗，我也忍耐着。到了家，我放它出来。新的天地吓得它更不敢动，它躲在墙角或是椅后那边哀哀地鸣叫。它不吃食物也不饮水，为了那份样子，几乎我又送它回去。可是过了两天或是三天，一切就都很好了。家中人都喜欢它，除开一个残忍成性的婆子。我的姊姊更爱它，每餐都是由她来照顾。

到了长成的时节，它就成为更沉默更温和的了。它从来也不曾抓伤过人，也不到厨房里偷一片鱼。它欢喜蹲在窗台上，眯着眼睛，像哲学家一样地沉思着。那时候阳光正照了它，它还要安详地用前爪在脸上抹一次又一次的。家中人会说：

"炼哥儿抱来的猫，也是那样老实呵！"

到后它的子孙们却是有各样的性格。一大半送了亲友，留在家中的也看得出贤与不肖。有的竟和母亲争斗，正像一个浪子或是泼女。

它自己活得很长远，几次以为是不能再活下去了，它还能勉强地活过来，终于一只耳朵不知道为什么枯萎下去。它的脚步更迟钝了，有时鸣叫的声音都微弱得不可闻了。

它活了十几年，当着祖母故去的时候，已经入殓，还停在家中；它就躺在棺木的下面死去。想着是在夜间死去的，因为早晨发觉的时候它已经僵硬了。

住到 × 城的时节，我和友人 B 君共住了一个院子。那个城是古老而沉静的，到处都是树，清寂幽闲。因为是两个单身男子，我们的住处也正像那个城。秋天是如此，春天也是如此。墙壁粉了灰色，每到了下午便显得十分黯淡。可是不知道从哪里却跳来了一只猫，它是在我们一天晚间回来的时候发现的。我们开了灯，它正端坐在沙发的上面，看到光亮和人，一下就不知道溜到哪里去了。

我们同时都为它那美丽的毛色打动了，它的身上有着各样的颜色，它的身上包满了茸茸的长绒。我们找寻着，在书架的下面找到了。它用惊疑的眼睛望着我们，我们即刻吩咐仆人，为它弄好了肝和饭，我们故意不去看它，它就悄悄地就食去了。

从此在我们的家中，它也算是一个。

养了两个多月，在一天的清早，不知逃到哪里去了。它仍是从风门的窗格里钻出去（因为它，我们一直没有完整的纸糊在上面），到午饭时不见回来。我们想着下半天，想着晚饭的时候，可是它一直就不曾回来。

那时候，虽然少了一只小小的猫，住的地方就显得阔大寂寥起来了。当着它在我们这里的时候，那些冷清的角落，都为它跑着跳着填满了；为我们遗忘了的纸物，都由它有趣地抓了出来。一时它会跑上座灯的架上，一时它又跳上了书橱。可是它把花盆架上的一盆迎春拉到地上，碎了花盆的事也有过。记得自己真就以为它是一个有性灵的生物，申斥它，轻轻地打着它；它也就畏缩地躲在一旁，像是充分地明白了自己的过错似的。

平时最使它感觉到兴趣的事，怕就是钻进抽屉中的小睡。只要是拉开了，它就安详地走进去，于是就故意又为它关上了。过些时再拉开来，它也许还未曾醒呢！有的时候是醒了，静静地卧着，看到了外面的天地，就站起来，拱着背缓缓地伸着懒腰。它会跳上了桌子，如果是晚间，它就分去了桌灯给我的光，往返地踱着，它的影子晃来晃去的，却充满了我那狭小的天地，使我也有着热闹的感觉。突然它会为一件小小的物件吸引住了，以前爪轻轻地拨着，惊奇地注视着被转动的物件，就退回了身子，伏在那里，还是一小步一小步地退缩着——终于是猛地向前一蹿，那物件落在地上，它也随着跳下去。

我们有时候也用绒绳来逗引，看着它轻巧而窈窕地跳着。时常想到的就是"摘花赌身轻"的句子。

它的逃失呢，好像是早就想到了的。不是因为从窗里望着外面，看到其他的猫从墙头跳上跳下，它就起始也跑到外面去么？原是不知何所来，就该是不知何所去。只是顿然少去了那么一只跑着跳着的生物，所住的地方就感到更大的空洞了。想着这样的情绪也许并不是持久的，过些天或者就可以忘怀了。只是当着春天的风吹着门窗的纸，就自然地把眼睛望着它日常出入的那个窗格，还以为它又从外面钻了回来。

"走了也好，终不过是不足恃的小人呵！"

这样地想了，我们的心就像是十分安然而愉快了。

过了四个月，B君走了，那个家就留给我一个人。如果一直是冷清下来，对于那样的日子我也许能习惯了；却是日愈空寂的房子，无法使我安心地守下去。但是我也只有忍耐之一途。既不能在众人的处所中感到兴趣，除开面壁枯坐还有其他的方法么？

一天，偶然地在市集中售卖猫狗的那一部，遇到一个老妇人，和一个四五岁的女孩。她问我要不要买一只猫。我就停下来，预备看一下再说。她放下在手中的竹篮，解开盖在上面的一张布，就看到一只生了黄黑斑的白猫，正自躺在那里。在它的身下看到了两只才生下不久的小猫。一只是黑的，毛的尖梢却是雪白，那一只是白的，头部生了灰灰的斑。她和我说因为要离开这里，就不得不卖了。她和我要了极合理的价钱，我答应了，付过钱，就径自去买一个竹筐来。当着我把猫放到我的筐子里，那个孩子就大声哭起来。她舍不得她的宝贝。她丢下老妇人塞到她手中的钱。那个老妇人虽是爱着孩子，却好像钱对她真有一点用，就一面哄着一面催促着我快些离开。

叫了一辆车，放上竹筐，我就回去了。留在后面的是那个孩子的哭声。

诚然如那个老妇人所说，她们是到了天堂。最初几天那两只小猫还没有张开眼，从早到晚只是咪咪地叫着。我用烂饭和牛乳喂它们，到张开了眼的时候，我才又看到那个长了灰色斑的两个眼睛是不同的：一个是黄色，一个是蓝色。

大小三只猫，也尽够我自己忙的了（不止我自己，还有那个仆人）。大的一只时常要跑出去，小的就不断地叫着。它们时常在我的脚边缠绕，一不小心就被踏上一脚或是踢翻个身。它们横着身子跑，因为把米粒黏到脚上，跑着的时候就答答地响着，像生了铁蹄。它们欢喜坐在门限上望着外面，见到后院的那条狗走过，它们就咻咻地叫着，毛都竖起来，急速地跳进房里。

为了它们，每次晚间回来都不敢提起脚步来走，只是溜着，开了灯，就看到它们偎依着在椅上酣睡。

渐渐地它们能爬到我的身上来了，还爬到我的肩头，它们就像到了险境，鸣叫着，一直要我用手把它们再捧下来。

那两只猫仔，引起了许多友人的怜爱，一个过路友人离开了这个城还在信中殷殷地问到。她说过要有那么一天，把这两只猫拿走的。但是为了病着的母亲的寂寥，我就把它们带到了 ××。

我先把它们的母亲送给了别人，我忘记了它们离开母亲会成为多么可怜的小动物。它们叫着。不给一刻的宁静，就是食物也不大能引着它们安下去。它们东找找西找找，然后就失望地朝了我。好像告诉我它们是失去了母亲，也要我告诉它们：母亲到了哪里？两天都是这样，我都想再把那只大猫要回来了。后来友人告诉我说是那个母亲也叫了几天，终于上了房，不知到哪里去了。

因为要搭乘火车的，我就在行前的一日把它们装到竹篮里。它们就叫，吵得我一夜也不能睡，我想着这将是一桩麻烦的事，依照路章是不能携带猫或狗的。

早晨，我放出它们喂，吃得饱饱的（那时候它们已经消灭了失去母亲的悲哀），又装进竹篮里。它们就不再叫了。一直由我把它们安然地带回我的母亲的身边。

母亲的病在那时已经是很重了，可是她还是勉强地和我说笑。她爱那两只猫，它们也是立刻跳到她的身前。我十分怕看和母亲相见相别时的泪眼，这一次有这两个小东西岔开了母亲的伤心。

不久，它们就成为一种累赘了。当着母亲安睡的时候，它们也许咪咪地叫起来。当着母亲为病痛所苦的时候，它们也许要爬到她的身上。在这情形之下，我只能把它们交付了仆人，由仆人带到他自己的房中去豢养。

母亲的病使我忘记了一切的事，母亲故去了许久我才问着仆人那两只猫是否还活下来。

仆人告诉我它们还活着的，因为一时的疏忽，它们的后腿冻跛了。可是渐渐地好起来，也长大了，只是不大像从前那样洁净。

我只是应着，并没有要他把它们拿给我，因为被母亲生前所钟爱，它们已经成为我自己悲哀的种子了。

给亡妇 / 朱自清

谦，日子真快，一眨眼你已经死了三个年头了。这三年里世事不知变化了多少回，但你未必注意这些个，我知道。你第一惦记的是你几个孩子，第二便轮着我。孩子和我平分你的世界，你在日如此；你死后若还有知，想来还如此的。告诉你，我夏天回家来着：迈儿长得结实极了，比我高一个头。闰儿父亲说是最乖，可是没有先前胖了。采芷和转子都好。五儿全家夸她长得好看；却在腿上生了湿疮，整天坐在竹床上不能下来，看了怪可怜的。六儿，我怎么说好，你明白，你临终时也和母亲谈过，这孩子是只可以养着玩儿的，他左挨右挨到去年春天，到底没有挨过去。这孩子生了几个月，你的肺病就重起来了。我劝你少亲近他，只监督着老妈子照管着就行。你总是忍不住，一会儿提，一会儿抱的。可是你病中为他操的那一份儿心也够瞧的。那一个夏天他病的时候多，你成天儿忙着，汤呀，药呀，冷呀，暖呀，连觉也没有好好儿睡过。哪里有一分一毫想着你自己。瞧着他硬朗点儿你就乐，干枯的笑容在黄蜡般的脸上，我只有暗中叹气而已。

从来想不到做母亲的要像你这样。从迈儿起，你总是自己喂乳，一连四个都这样。你起初不知道按钟点儿喂，后来知道了，却又弄不惯；孩子们每夜里几次将你哭醒了，特别是闷热的夏季。我瞧你的觉老没睡足。白天里还得做菜，照料孩子，很少得空儿。你的身子本来坏，四个孩子就累你七八年。到了第五个，你自己实在不成了，又没乳，只好自己喂奶粉，另雇老妈子专管她。但孩子跟老妈子睡，你就没有放过心；夜里一听见哭，就竖起耳朵听，工夫一大就得过去看。十六年初，和你到北京来，将迈儿、转子留在家里；三年多还不能去接他们，可真把你惦记苦了。你并不常提，我却明白。你后来说你的病就是惦记出来的；那个自然也有份儿，不过大半还是养育孩子累的。你的短短的十二年结婚生活，有十一年耗费在孩子们身上；而你一点不厌倦，有多少力量用多少，一直到自己毁灭为止。你对孩子一般儿爱，不问男的女的，大的小的。也不想到什么"养儿防老，积谷防饥"，只拼命地爱去。你对于教育老实说有些外行，孩子们只要吃得好玩得好就成了。这也难怪你，你自己便是这样长大的。况且孩子们原都还小，吃和玩本来也要紧的。你病重的时候最放不下的还是孩子。病的只剩皮包着骨头了，总不信自己不会好；老说："我死了，这一大群孩子可苦了。"后来说送你回家，你想着可以看见迈儿和转子，也愿意；你万不想到会一走不返的。我送车的时候，你忍不住哭了，说："还不知能不能再见？"可怜，你的心我知道，你满想着好好儿带着六个孩子回来见我的。谦，你那时一定这样想，一定的。

除了孩子，你心里只有我。不错，那时你父亲还在；可是你母亲死了，他另有个女人，你老早就觉得隔了一层似的。出嫁后第一年你虽还一心一意依恋着他老人家，到第二年上我和孩子可就将你的心占住，你再没有多少工夫惦记他了。你还记得第一年我在北京，你在家里。家里来信说你待不住，常回娘家去。我动气了，马上写信责备你。你教人写了一封覆信，说家里有事，不能不回去。这是你第一次也可以说第末次的抗议，我从此就没给你写信。暑假时带了一肚子主意回去，但见了面，看你一脸笑，也就拉倒了。打这时候起，你渐渐从你父亲的怀里跑到我这儿。你换了金镯子帮助我的学费，叫我以后还你；但直到你死，我没有还你。你在我家受了许多气，又因为我家的缘故受你家里的气，你都忍着。这全为的是我，我知道。那回我从家乡一个中学半途辞职出走。家里人讽你也走。哪里走！只得硬着头皮往你家去。那时你家像个冰窖子，你们在窖里足足住了三个月。好容易我才将你们领出来了，一同上外省去。小家庭这样组织起来了。你虽不是什么阔小姐，可也是自小娇生惯养的，做起主妇来，什么都得干一两手；你居然做下去了，而且高高兴兴地做下去了。菜照例满是你做，可是吃的都是我们；你至多夹上两三筷子就算了。你的菜做得不坏，有一位老在行大大地夸奖过你。你洗衣服也不错，夏天我的绸大褂大概总是你亲自动手。你在家老不乐意闲着；坐前几个"月子"，老是四五天就起床，说是躺着家里事没条没理的。其实你起来也还不是没条理；咱们家那么多孩子，哪儿来条理？在浙江住的时候，逃过两回兵难，我都在北平。真亏你领着母亲和一群孩子东藏西躲的；末一回还要走多少里路，翻一道大岭。这两回差不多只靠你一个人。你不但带了母亲和孩子们，还带了我一箱箱的书；你知道我是最爱书的。在短短的十二年里，你操的心比人家一辈子还多；谦，你那样身子怎么经得住！你将我的责任一股脑儿担负了去，压死了你；我如何对得起你！

你为我的捞什子书也费了不少神；第一回让你父亲的男佣人从家乡捎到上海去。他说了几句闲话，你气得在你父亲面前哭了。第二回是带着逃难，别人都说你傻子。你有你的想头："没有书怎么教书？况且他又爱这个玩意儿。"其实你没有晓得，那些书丢了也并不可惜；不过教你怎么晓得，我平常从来没和你谈过这些个！总而言之，你的心是可感谢的。这十二年里你为我吃的苦真不少，可是没有过几天好日子。我们在一起住，算来也还不到五个年头。无论日子怎么坏，无论是离是合，你从来没对我发过脾气，连一句怨言也没有。——别说怨我，就是怨命也没有过。老实说，我的脾气可不大好，迁怒的事儿有的是。那些时候你往往抽噎着流眼泪，从不回嘴，也不号啕。不过我也只信得过你一个人，有些话我只和你一个人说，因为世界上只你一个人真关心我，真同情我。你不但为我吃苦，更为我分苦；我之有我现在的精神，大半是你给我培养着的。这些年来我很少生病。但我最不耐烦生病，生了病就呻吟不绝，闹那伺候病的人。你是领教过一回的，那回只一两点钟，可是也够麻烦了。你常生病，却总不开口，挣扎着起来；一来怕搅我，二来怕没人做你那份儿事。我有一个坏脾气，怕听人生病，也是真的。后来你天天发烧，自己还以为南方带来的疟疾，一直瞒着我。明明躺着，听见我的脚步，一骨碌就坐起来。我渐渐有些奇怪，让大夫一瞧，这可糟了，你的一个肺已烂了一个大窟窿了！大夫劝你到西山去静养，你丢不下孩子，又舍不得钱；劝你在家里躺着，你也丢不下那份儿家务。越看越不行了，这才送你回去。明知凶多吉少，想不到只一个月工夫你就完了！本来盼望还见得着你，这一来可拉倒了。你也何尝想到这个？父亲告诉我，你回家独住着一所小住宅，还嫌没有客厅，怕我回去不便哪。

前年夏天回家，上你坟上去了。你睡在祖父母的下首，想来还不孤单的。只是当年祖父母的坟太小了，你正睡在圹底下。这叫作"抗圹"，在生人看来是不安心的；等着想办法哪。那时圹上圹下密密地长着青草，朝露浸湿了我的布鞋。你刚埋了半年多，只有圹下多出一块土，别的全然看不出新坟的样子。我和隐今夏回去，本想到你的坟上来；因为她病了没来成。我们想告诉你，五个孩子都好，我们一定尽心教养他们，让他们对得起死了的母亲——你！谦，好好儿放心安睡吧，你。

人间自有真情在 / 季羡林

　　前不久，我写了一篇短文《园花寂寞红》，讲的是楼右前方住着的一对老夫妇。男的是中国人，女的是德国人。他们在德国结婚后，移居中国，到现在已将近半个世纪了。哪里想到，一夜之间，男的突然死去。他天天侍弄的小花园，失去了主人。几朵仅存的月季花，在秋风中颤抖，挣扎，苟延残喘，浑身凄凉、寂寞。

　　我每天走过那个小花园，也感到凄凉、寂寞。我心里总在想：到了明年春天，小花园将日益颓败，月季花不会再开。连那些在北京只有梅兰芳家才有的大朵的牵牛花，在这里也将永远永远地消逝了。我的心情很沉重。

　　昨天中午，我又走过这个小花园，看到那位接近米寿的德国老太太在篱笆旁忙活着。我走近一看，她正在采集大牵牛花的种子。这可真是件新鲜事儿。我在这里住了三十年，从来没有见到过她侍弄过花。我曾满腹疑团：德国人一般都是爱花的，这老太太真有点个别。可今天她为什么也忙着采集牵牛花的种子呢？她老态龙钟，罗锅着腰，穿一身黑衣裳，瘦得像一只螳螂。虽然采集花种不是累活，她干起来也是够呛的。我问她，采集这个干什么？她的回答极简单："我的丈夫死了，但是他爱的牵牛花不能死！"

我心里一亮，一下子顿悟出来了一个道理。她男人死了，一儿一女都在德国。老太太在中国可以说是举目无亲。虽然说是入了中国籍，但是在中国将近半个世纪，中国话说不了十句，中国饭吃不惯。她好像是中国社会水面上的一滴油，与整个社会格格不入。平常只同几个外国人和中国留德学生来往，显得很孤单。我常开玩笑说：她是组织上入了籍，思想上并没有入。到了此时，老头已去，儿女在外，返回德国，正其时矣。然而她却偏偏不走。道理何在呢？我百思不得其解。现在，一个非常偶然的机会让我看到她采集大牵牛花的种子。我一下子明白了：这一切都是为了死去的丈夫。

丈夫虽然走了，但是小花园还在，十分简陋的小房子还在。这小花园和小房子拴住了她那古老的回忆，长达半个世纪的甜蜜的回忆。这是他俩共同生活过的地方。为了忠诚于对丈夫的回忆，她不肯离开，不忍离开。我能够想象，她在夜深人静时，独对孤灯。窗外小竹林的窸窣声，穿窗而入。屋后土山上草丛中秋虫哀鸣。此外就是一片寂静。丈夫在时，她知道对面小屋里还睡着一个亲人，使自己不会感到孤独。然而现在呢，那个人突然离开自己，走了，永远永远地走了。茫茫天地，好像只剩下自己孤零一人。人生至此，将何以堪！设身处地，如果我处在她的位置上，我一定会马上离开这里，回到自己的祖国，同儿女在一起，度过余年。

然而，这一位瘦得像螳螂似的老太太却偏偏不走，偏偏死守空房，死守这一个小花园。我知道：这一切都是为了死去的丈夫。

这一位看似柔弱实极坚强的老太太，已经走到了人生的尽头。

这一点恐怕她比谁都明白。然而她并未绝望，并未消沉。她还是浑身洋溢着生命力，在心中对未来还充满了希望。她还想到明年春天，她还想到牵牛花，她眼前一定不时闪过春天小花园杂花竞芳的景象。谁看到这种情况会不受到感动呢？我想，牵牛花而有知，到了明年春天，虽然男主人已经不在了，但它一定会精神抖擞，花朵一定会开得更大，更大；颜色一定会更鲜，更艳。

无题（因为没有故事）/ 老舍

人是为明天活着的，因为记忆中有朝阳晓露；假若过去的早晨都似地狱那么黑暗丑恶，盼明天干吗呢？是的，记忆中也有痛苦危险，可是希望会把过去的恐怖裹上一层糖衣，像看着一出悲剧似的，苦中有些甜美。无论怎说吧，过去的一切都不可移动；实在，所以可靠；明天的渺茫全仗昨天的实在撑持着，新梦是旧事的拆洗缝补。

对了，我记得她的眼。她死了好多年了，她的眼还活着，在我的心里。这对眼睛替我看守着爱情。当我忙得忘了许多事，甚至于忘了她，这两只眼会忽然在一朵云中，或一汪水里，或一瓣花上，或一线光中，轻轻地一闪，像归燕的翅儿，只须一闪，我便感到无限的春光。我立刻就回到那梦境中，哪一件小事都凄凉、甜美，如同独自在春月下踏着落花。

这双眼所引起的一点爱火，只是极纯的一个小火苗，像心中的一点晚霞，晚霞的结晶。它可以烧明了流水远山，照明了春花秋叶，给海浪一些金光，可是它恰好的也能在我心中，照明了我的泪珠。

它们只有两个神情：一个是凝视，极短极快，可是千真万确的是凝视。只微微地一看，就看到我的灵魂，把一切都无声地告诉了给我。凝视，一点也不错，我知道她只须极短极快的一看，看的动作过去了，极快地过去了，可是，她心里看着我呢，不定看多么久呢；我到底得管这叫作凝视，不论它是多么快，多么短。一切的诗文都用不着，这一眼道尽了"爱"所会说的与所会作的。另一个是眼珠横着一移动，由微笑移动到微笑里去，在处女的尊严中笑出一点点被爱逗出的轻佻，由热情中笑出一点点无法抑止的高兴。

我没和她说过一句话，没握过一次手，见面连点头都不点。可是我的一切，她知道；她的一切，我知道。我们用不着看彼此的服装，用不着打听彼此的身世，我们一眼看到一粒珍珠，藏在彼此的心里；这一点点便是我们的一切，那些七零八碎的东西都是配搭，都无须注意。看我一眼，她低着头轻快地走过去，把一点微笑留在她身后的空气中，像太阳落后还留下一些明霞。

我们彼此躲避着，同时彼此愿马上搂抱在一处。我们轻轻地哀叹；忽然遇见了，那么凝视一下，登时欢喜起来，身上像减了分量，每一步都走得轻快有力，像要跳起来的样子。

我们极愿意过一句话，可是我们很怕交谈，说什么呢？哪一个日常的俗字能道出我们的心事呢？让我们不开口，永不开口吧！我们的对视与微笑是永生的，是完全的，其余的一切都是破碎微弱，不值得一作的。

我们分离有许多年了，她还是那么秀美，那么多情，在我的心里。她将永远不老，永远只向我一个人微笑。在我的梦中，我常常看见她，一个甜美的梦是最真实、最纯洁、最完美的。多少多少人生中的小困苦小折磨使我丧气，使我轻看生命。可是，那个微笑与眼神忽然的从哪儿飞来，我想起唯有"人面桃花相映红"差可托拟的一点心情与境界，我忘了困苦，我不再丧气，我恢复了青春；无疑的，我在她的洁白的梦中，必定还是个美少年呀。

春在燕的翅上，把春光颤得更明了一些，同样，我的青春在她的眼里，永远使我的血温暖，像土中的一颗子粒，永远想发出一个小小的绿芽。一粒小豆那么小的一点爱情，眼珠一移，嘴唇一动，日月都没有了作用，到无论什么时候，我们总是一对刚开开的春花。

不要再说什么，不要再说什么！我的烦恼也是香甜的呀，因为她那么看过我！

我的怀念 / 靳以

假如一个人，独自地升天，看见宇宙的大观，群星的美丽，他并不能感到快乐，他必要找到一个人向他述说他所见的美景，他才能快乐。

——西塞罗《论友谊》

我是很疲乏了，当众人都已安静了的时辰中我工作了许久，我是那么寂寞又那么困倦，我努力地把我的脸从油灯的晕光里抬起来，在那黯黑的角落里，我仿佛看到一双黑亮的大眼睛。我几乎叫出来了，可是你兀自和往常一样守着你的缄默，我也只得嘿然了。谁知道我的心在燃烧着呢？许多年了，呵，许多年……我不敢想，也不忍想，可是毕竟你又在我的面前显现了。我分明地记得你那圆圆的脸，你那像一座小山似的眉毛，显出你刚强个性的微微凸出的下颚，还有那把悲伤化成快乐，把地狱转为天堂的孩子般无邪的笑……难道因为我早已知道这一切不过是空幻才独自呆坐在这里，如其不然，是疲惫能阻止我或是横在面前的书桌能挡住我，像多少年一样地，我们早该拥抱起来了。

　　许多年，真是许多年了，我们都不知道谁在哪一方。我知道，我们离得很远，可是又很近，因为每当我独自的时节，在别人一无所见的所在我看到你。是的，我看到你了，我还听到你的声音，你说些什么呢？你是用压低了的声音说着的：

　　"轻轻的，不要惊醒他，好容易他才睡着了。"

　　我记得，那是十几年前，当我还年青的时节，我突然被疾病打倒了，而你就像亲人一般地守着我。

　　那时候你的声音虽然那么低，我还是醒了。我那烧得昏迷的眼睛望着窗棂上浮游着的夕阳的最后的一线光。那已经不是光亮了，只能使人分辨出来窗纸上还有木格，城边的号角凄凉地吹着，蝙蝠早已吱吱地飞着了。是的，我忍耐几天了，白昼和黑夜于我有什么关系呢？在我那睁不开的眼睛上，我只看到一派红光，那时候我真是用力地睁开我的眼睛，可是黑暗塞在我的面前。我轻轻地叹了一口气，便又把身子转向壁间了。我并没有睡着，我听到你的声息，虽然你是那么悄悄地走过来，但是我没有说话，你也没有动静，我只感到你那沁凉的手掌在我的脸颊上轻轻地抚摸着，我就这样又睡着了。

　　那是多么长的时日呵，我好像踏遍了梦境的每一寸土地，我是那么疲乏，好像我的沉重的脚步在自己的肩上行路，不，我是被人倒悬起来了，我那向下的身子似乎在晃动。不知道我是被谁解了倒悬，我就笔直地跌向山谷，还没有使我的身躯落在地上，我陡地醒了，我是一身大汗，急喘着，可是一只手立刻伸过来了，我只模糊地看到一个坐着的身影，在你的身后，放着一盏小小的油灯。

"唉，我跌下了，——"

"不，我抓着你呢，你不渴么？"

"我怎么不渴，我走了一夜的路，你呢，你坐了一夜？"

"没有，我才起来，听到你的声音才起来的。"

"呵，有这么快！"

"天，天快亮了。"

你拉着我那灼热的手，可是弄错了我的意思。我是想怎么能这么快你就起来了呢？好像未曾动过一样地坐在我的床前呢？虽然我昏迷，我还记得很清楚，当我睡下的时节，你就是这么坐着的。可是那时候我不再说什么，说话对于我是一件吃力而不能忍耐的工作，我只是抓着你的手，放在我的脸下枕着，就是那样我睡着了。一直到我再醒来的时候，抬起我的脸，我才看见那发红的手，我轻轻地吻了一下，两颗热泪突然滴在那上面。我微扬着脸向你问：

"你累了吧？"

"不，不……"

你摇着头笑着大声回答我。

"你要睡了吧？"

"没有，没有，……"

你更用力地张大你那一双眼睛，在你那瞳子里只显出清澄莹澈，净化了我的灵魂，在那里面我好像看到我了，我是那么渺小，沉在你那更深阔的友情的海里。我并没有灭顶，我，我是得救了。可是我突然又看见，就是在你那一双大眼睛里闪着亮光，我便问：

"你哭了的？"

"没有，没有，——"

"我看到你的眼泪了，……"

"那，那，——"

你那仓皇抹着的手掌使我确知你是哭了的，于是我又说：

"你以为我会死了，所以你——"

"不，不，我一点也不那么想，"你急急地说，"只是我看到
又听到你那苦痛的呻吟，我的心就难过起来了，我是在气我自己。"

"气什么？"

"气我不能变做你，代你受这些苦，禁不住我的眼泪就满了，
我并不是哭。"

你随又沉默了，可是这许多年，我的睡前时时闪着你那含泪的
面容，正就是那时节深深地印在我心中的。

是的，你惯常是无言的，你的语言只是微笑，没有声息的微
笑，当你苦痛的时节，你也是笑着的。你把快乐大量地送给别人，
把苦痛严密地藏在自己的心底。有时，你的心载不起情感的重负，
你的眼睛也会无缘故地湿润了。可是当被看到的时候，你就急急地
摇落了残留的泪珠，还笑着说你什么都没有哩！我也就不再问询，
因为我们不是不深知呵，由于心和心的相近，连最微细的情感都是
相共的，我们互相分着忧愁，倍分地享受快乐。可是在我们中间忧
愁竟那样多，而快乐是那样少呵！有一个时候我是一个人了，——
我的亲人死了——于是我不得不一个人守在那大宅子里，那正是冬
天，高墙为我遮住了太阳，聚集了寒冷，我仰起头来看天，是崭齐
的一方，还时常是挟着沙尘的灰黄色。到黄昏，又是一层黯淡，那

时节，我的心真是染透了说不出萧索的颜色。我不得不蜷伏在屋角那里等待着黑夜，——不，等待着黑夜后的天明，这时候，我忽然听到足音（谁也想不到任何人的到来都是使我高兴的）。我再谛听，它由远而近了，我不必看到人，我知道是谁来了，我几乎跳了起来，站在门那里用大张开的两臂和满心的喜悦把你抱住了。我顿然感觉到我并不寂寥，生命也不是那般百无聊赖。

可是如今我离开你这么远又这么久了。尽管我好像时时能看到你，可是再也听不到你一声脚步，一声笑；我是孤独地被丢在人生的路上，你怎么能抱怨我有时兀自倚在那里彷徨四顾呢？我所找寻的并不多，可是却做着徒然的追踪。我也知道你想着我的，什么时候有那一天，当你的幻影在我面前显现的时候，你果然从外边跨进来了，亲热地叫我一声，那时候我该怎么样呢？若是在人世以上真还有天的话，我那斗室该立刻变成天堂了。

可是如今我只能过着这漫漫无欢的日子，我不知道它什么时候终结，没有你和我一同升天，我倒情愿死在地上爬着。不，我是死在地狱中爬着，我是满身的血伤呵，对着那些鬼怪！可是我还是活着的。只要我还有一点声音，我就不忘记叫唤你的名字，我是多么盼望你，我是多么要你，来，来，引我上天去吧。——若是天太高的话，还是要我站立在人世间和你相伴地活下去吧，让我多看看你那张无邪的脸和大眼睛，让我多听到你那无声的微笑，让我们一同努力把地狱转成天堂。

第三章

不是所有离开都曲终人散

他这几年来想用心血浇灌的花树也许是枯萎的了；
但他的同情、他的鼓舞，
早又在别的园地里种出了无数的可爱的小树，
开出了无数可爱的鲜花。
他自己的歌唱有一个时代是几乎消沉了；
但他的歌声引起了他的园地外无数的歌喉，
嘹亮的唱，哀怨的唱，美丽的唱。

我记忆中的老舍先生 / 季羡林

老舍先生逝世已经二十多年了。在这一段相当长的时间内，我经常想到他，想到的次数远远超过我认识他以后直至他逝世的三十多年。每次想到他，我都悲从中来。我悲的是中国失去一个热爱祖国、热爱人民的正直的大作家，我自己失去一位从年龄上来看算是师辈的和蔼可亲的老友。目前，我自己已经到了晚年，我的内心再也承受不住这一份悲痛，我也不愿意把它带着离开人间。我知道，原始人是颇为相信文字的神秘力量的，我从来没有这样相信过。但是，我现在宁愿做一个原始人，把我的悲痛和怀念转变成文字，也许这悲痛就能突然消逝掉，还我心灵的宁静，岂不是天大的好事吗？

我从高中时代起，就读老舍先生的著作，什么《老张的哲学》《赵子曰》《二马》，我都读过。到了大学以后，以及离开大学以后，只要他有新作出版，我一定先睹为快，什么《离婚》《骆驼祥子》等，我都认真读过。最初，由于水平的限制，他的著作我不敢说全都理解。可是我总觉得，他同别的作家不一样。他的语言生动幽默，是地道的北京话，间或也夹上一点山东俗语。他没有许多作家那种忸怩作态让人读了感到浑身难受的非常别扭的文体，一种新鲜活泼的力量跳动在字里行间。他的幽默也同林语堂之流的那种着意为之的幽默不同。总之，老舍先生成了我毕生最喜爱的作家之一，我对他怀有崇高的敬意。

但是，我认识老舍先生却完全出于一个偶然的机会。30 年代初，我离开了高中，到清华大学来念书。当时老舍先生正在济南齐鲁大学教书。济南是我的老家，每年暑假我都回去。李长之是济南人，他是我的唯一的一个小学、中学、大学"三连贯"的同学。有一年暑假，他告诉我，他要在家里请老舍先生吃饭，要我作陪。在旧社会，大学教授架子一般都非常大，他们与大学生之间宛然是两个阶级。要我陪大学教授吃饭，我真有点受宠若惊。及至见到老舍先生，他却全然不是我心目中的那种大学教授。他谈吐自然，蔼然可亲，一点架子也没有，特别是他那一口地道的京腔，铿锵有致，听他说话，简直就像是听音乐，是一种享受。从那以后，我们就算是认识了。

以后是激烈动荡的几十年。我在大学毕业以后，在济南高中教了一年国文，就到欧洲去了，一住就是十一年。中国胜利了，我才回来，在南京住了一个暑假。夜里睡在国立编译馆长之的办公桌上；白天没有地方待，就到处云游，什么台城、玄武湖、莫愁湖等，我游了一个遍。老舍先生好像同国立编译馆有什么联系，我常从长之口中听到他的名字，但是没有见过面。到了秋天，我也就离开了南京，乘海船绕道秦皇岛，来到北平。

以后又是更为激烈震荡的三年。用美式装备武装到牙齿的国民党反动军队，被彻底消灭。蒋介石一小撮逃到台湾去了。中国人民苦斗了一百多年，终于迎来了解放的春天。我们这一群知识分子都亲身感受到，我们确实已经站起来了。就在这样的情况下，我在当时所谓故都又会见了老舍先生，上距第一次见面已经有二十多年了。

我现在已经记不清楚我们重逢时的情景。但是我却清晰地记得起 50 年代初期召开的一次汉语规范化会议时的情景。当时语言学界的知名人士，以及曲艺界的名人，都被邀请参加，其中有侯宝林、马增芬姊妹等。老舍先生、叶圣陶先生、罗常培先生、吕叔湘先生、黎锦熙先生等都参加了。这是解放后语言学界的第一次盛会。当时还没有达到会议成灾的程度，因此大家的兴致都很高，会上的气氛也十分亲切融洽。

有一天中午，老舍先生忽然建议，要请大家吃一顿地道的北京饭。大家都知道，老舍先生是地道的北京人，他讲的地道的北京饭一定会是非常地道的，都欣然答应。老舍先生对北京人民生活之熟悉，是众所周知的。有人戏称他为"北京土地爷"。他结交的朋友，三教九流都有。他能一个人坐在大酒缸旁，同洋车夫、旧警察等旧社会的"下等人"，开怀畅饮，亲密无间，宛如亲朋旧友，谁也感觉不到他是大作家、名教授、留洋的学士。能做到这一步的，并世作家中没有第二人。这样一位老北京想请大家吃北京饭，大家的兴致哪能不高涨起来呢？商议的结果是到西四砂锅居去吃白煮肉，当然是老舍先生做东。他同饭馆的经理一直到小伙计都是好朋友，因此饭菜极佳，服务周到。大家尽兴地饱餐了一顿。虽然是一顿简单的饭，然而却令人毕生难忘。当时参加宴会今天还健在的叶老、吕先生大概还都记得这一顿饭吧。

还有一件小事，也必须在这里提一提。忘记了是哪一年了，反正我还住在城里翠花胡同没有搬出城外。有一天，我到东安市场北门对门的一家著名的理发馆里去理发，猛然瞥见老舍先生也在那里，正躺在椅子上，下巴上白糊糊的一团肥皂泡沫，正让理发师刮脸。这不是谈话的好时机，只寒暄了几句，就什么也不说了。等我坐在椅子上时，从镜子里看到他跟我打招呼，告别，看到他的身影走出门去。我理完发要付钱时，理发师说：老舍先生已经替我付过了。这样芝麻绿豆的小事殊不足以见老舍先生的精神，但是，难道也不足以见他这种细心体贴人的心情吗？

老舍先生的道德文章，光如日月，巍如山斗，用不着我来细加评论，我也没有那个能力。我现在写的都是一些小事。然而小中见大，于琐细中见精神，于平凡中见伟大，豹窥一斑，鼎尝一脔，不也能反映出老舍先生整个人格的一个缩影吗？

中国有一句俗话："好死不如赖活着。"这一句话道出了一个真理。一个人除非万不得已决不会自己抛掉自己的生命。印度梵文中"死"这个动词，变化形式同被动态一样。我一直觉得非常有趣，非常有意思。印度古代语法学家深通人情，才创造出这样一个形式。死几乎都是被动的。有几个人主动地去死呢？老舍先生走上自沉这一条道路，必有其不得已之处。有人说，人在临死前总会想到许多许多东西的，他会想到自己的一生。可惜我还没有这个经验，只能在这里胡思乱想。当老舍先生徘徊在湖水岸边决心自沉时，眼望湖水茫茫，他会想到自己的一生吧！我猜想，老舍先生决

不会埋怨自己的祖国母亲，祖国母亲永远是可爱的，在任何情况下
都是可爱的。他也决不会后悔回来的。但是，他确实有一些问题难
以理解，他只有横下一条心，一死了之。这样的问题，我们今天又
有谁能够理解呢？我想，老舍先生还会想到自己院子里种的柿子树
和菊花。他当然也会想到自己的亲人，想到自己的朋友。所有这一
些都是十分美好可爱的。对于这一些难道他就一点也不留恋吗？决
不会的，决不会的。但是，有一种东西梗在他的心中，像大毒蛇缠
住了他，他只能纵身一跳，投入波心，让弥漫的湖水给自己带来解
脱了。

　　我在泪眼模糊中，看到老舍先生戴着眼镜，在和蔼地对我笑
着；我耳朵里仿佛听到了他那铿锵有节奏的北京话。我浑身颤
抖，连灵魂也在剧烈地震动。

　　呜呼！我欲无言。

注：本文略有删减。

追悼志摩 / 胡适

悄悄的我走了，

正如我悄悄的来；

我挥一挥衣袖，

不带走一片云彩。

——《再别康桥》

志摩这一回真走了！可不是悄悄地走。在那淋漓的大雨里，在那迷蒙的大雾里，一个猛烈的大震动，三百匹马力的飞机碰在一座终古不动的山上，我们的朋友额上受了一个致命的创伤，大概立刻失去了知觉，半空中起了一团大火，像天上陨了一颗大星似的直掉下地去。我们的志摩和他的两个同伴就死在那烈焰里了！

我们初得着他的死信，却不肯相信，都不信志摩这样一个可爱的人会死得这么惨酷。但在那几天的精神大震撼稍稍过去之后，我们忍不住要想，那样的死法也许只有志摩最配。我们不相信志摩会"悄悄的走了"，也不忍想志摩会死一个"平凡的死"，死在天空之中——大雨淋着，大雾笼罩着，大火焚烧着，那撞不倒的山头在旁边冷眼瞧着，我们新时代的新诗人，就是要自己挑一种死法，也挑不出更合式、更悲壮的了。

志摩走了，我们这个世界里被他带走了不少的云彩。他在我们这些朋友之中，真是一片最可爱的云彩，永远是温暖的颜色，永远是美的花样，永远是可爱。

他常说：

我不知道风

是在那一个方向吹——

我们也不知道风是在那一个方向吹，可是狂风过去之后，我们的天空变惨淡了，变寂寞了，我们才感觉我们的天上的一片最可爱的云彩被狂风卷去了，永远不回来了！

这十几天里，常有朋友到家里来谈志摩，谈起来常常有人痛哭。在别处痛哭他的，一定还不少。志摩所以能使朋友这样哀念他，只是因为他的为人整个的只是一团同情心，只是一团爱。叶公超先生说："他对于任何人，任何事，从未有过绝对的怨恨，甚至于无意中都没有表示过一些憎嫉的神气。"陈通伯先生说："尤其朋友里缺不了他。他是我们的连索，他是粘着性的，发酵性的。在这七八年中，国内文艺界里起了不少的风波，吵了不少的架，许多很熟的朋友往往弄得不能见面。但我没有听见过有人怨恨过志摩。谁也不能抵抗志摩的同情心，谁也不能避开他的粘着性。他才是和事佬，他有无穷的同情，在我们老友中，他总是朋友中间的'连

索'，他从没有疑心，他从不会妒忌，使这些多疑善妒的人们十分
惭愧，又十分羡慕。"

他的一生真是爱的象征。爱是他的宗教，他的上帝。

> 我攀登了万仞的高冈，
>
> 荆棘扎烂了我的衣裳，
>
> 我向飘渺的云天外望——
>
> 上帝，我望不见你！
>
> ……
>
> 我在道旁见一个小孩，
>
> 活泼，秀丽，褴褛的衣衫，
>
> 他叫声"妈"，眼里亮着爱——
>
> 上帝，他眼里有你！
>
> ——《他眼里有你》

志摩今年在他的《猛虎集》自序里，曾说他的心境是"一个
曾经有单纯信仰的流入怀疑的颓废"。这句话是他最好的自述。他
的人生观真是一种"单纯的信仰"，这里面只有三个大字：一个是
爱，一个是自由，一个是美。他梦想这三个理想的条件能够会合在
一个人生里，这是他的"单纯信仰"。他的一生的历史，只是他追
求这个单纯信仰的实现的历史。

社会上对于他的行为，往往有不谅解的地方，都只因为社会上
批评他的人不曾懂得志摩的"单纯信仰"的人生观。他的离婚和他

的第二次结婚，是他一生最受社会严厉批评的两件事。现在志摩的棺已盖了，而社会上的议论还未定。但我们知道这两件事的人，都能明白，至少在志摩的方面，这两件事最可以代表志摩的单纯理想的追求。他万分诚恳地相信那两件事都是他实现"美与爱与自由"的人生的正当步骤。这两件事的结果，在别人看来，似乎都不曾能够实现志摩的理想生活。但到今日，我们还忍用成败来议论他吗？

我忍不住我的历史癖，今天我要引用一点神圣的历史材料，来说明志摩决心离婚时的心理。民国十一年（1922）三月，他正式向他的夫人提议离婚，他告诉她，他们不应该继续他们没有爱情没有自由的结婚生活了，他提议"自由之偿还自由"，他认为这是"彼此重见生命之曙光，不世之荣业"。他说：

> 故转夜为日，转地狱为天堂，直指顾间事矣……真生命必自奋斗自求得来，真幸福亦必自奋斗自求得来，真恋爱亦必自奋斗自求得来！彼此前途无限……彼此有改良社会之心，彼此有造福人类之心，其先自作榜样，勇决智断，彼此尊重人格，自由离婚，止绝苦痛，始兆幸福，皆在此矣。

这信里完全是青年的志摩的单纯的理想主义，他觉得那没有爱又没有自由的家庭是可以摧毁他们的人格的，所以他下了决心，要把自由偿还自由。要从自由求得他们的真生命，真幸福，真恋爱。

后来他回国了，婚是离了，而家庭和社会都不能谅解他。最奇怪的是他和他已离婚的夫人通信更勤，感情更好。社会上的人更不明白了。志摩是梁任公先生最爱护的学生，所以民国十二年（1923）任公先生曾写一封很恳切的信去劝他。在这信里，任公提出两点：

　　其一，万不容以他人之苦痛，易自己之快乐。弟之此举，其于弟将来之快乐能得与否，殆茫如捕风，然先已予多数人以无量之苦痛。

　　其二，恋爱神圣为今之少年所乐道。……兹事盖可遇而不可求。……况多情多感之人，其幻想起落鹘突，而得满足得宁帖也极难。所梦想之神圣境界恐终不可得，徒以烦恼终其身已耳。

任公又说：

　　呜呼志摩！天下岂有圆满之宇宙……当知吾侪以不求圆满为生活态度，斯可以领略生活之妙味矣……若沉迷于不可必得之梦境，挫折数次，生意尽矣，郁邑侘傺以死，死为无名，死犹可也，最可畏者，不死不生而堕落至不复能自拔。呜呼志摩，可无惧耶！可无惧耶！

（民国）十二年一月二日信

　　任公一眼看透了志摩的行为是追求一种"梦想的神圣境界"，他料到他必要失望，又怕他少年人受不起几次挫折，就会死，就会堕落。所以他以老师的资格警告他："天下岂有圆满之宇宙？"

　　但这种反理想主义是志摩所不能承认的。他答复任公的信，第一不承认他是把他人的苦痛来换自己的快乐。他说：

> 我之甘冒世之不韪，竭全力以斗者，非特求免凶惨之痛苦，
> 实求良心之安顿，求人格之确立，求灵魂之救度耳。人谁不求庸
> 德？人谁不安现成？人谁不畏艰险？然且有突围而出者，夫岂得
> 已而然哉？

第二，他也承认恋爱是可遇而不可求的，但他不能不去追求。
他说：

> 我将于茫茫人海中访我唯一灵魂之伴侣；得之，我幸；不得，
> 我命，如此而已。

他又相信他的理想是可以创造培养出来的。他对任公说：

> 嗟夫吾师！我尝奋我灵魂之精髓，以凝成一理想之明珠，涵之
> 以热满之心血，朗照我深奥之灵府。而庸俗忌之嫉之，辄欲麻木其
> 灵魂，捣碎其理想，杀灭其希望，污毁其纯洁！我之不流入堕落，
> 流入庸懦，流入卑污，其几亦微矣！

我今天发表这三封不曾发表过的信，因为这几封信最能表现那
个单纯的理想主义者徐志摩，他深信理想的人生必须有爱，必须有
自由，必须有美；他深信这种三位一体的人生是可以追求的，至少

是可以用纯洁的心血培养出来的。——我们若从这个观点来观察志摩的一生，他这十年中的一切行为就全可以了解了。我还可以说，只有从这个观点上才可以了解志摩的行为；我们必须先认清了他的单纯信仰的人生观，方才认得清志摩的为人。

志摩最近几年的生活，他承认是失败。他有一首《生活》的诗，诗是暗惨的可怕：

阴沉，黑暗，毒蛇似的蜿蜒，

生活逼成了一条甬道：

一度陷入，你只可向前，

手扪索着冷壁的粘潮，

在妖魔的脏腑内挣扎，

头顶不见一线的天光，

这魂魄，在恐怖的压迫下，

除了消灭更有什么愿望？

（民国）十九年五月二十九日

他的失败是一个单纯的理想主义者的失败。他的追求，使我们惭愧，因为我们的信心太小了，从不敢梦想他的梦想。他的失败，也应该使我们对他表示更深厚的恭敬与同情，因为偌大的世界之中，只有他有这信心，冒了绝大的危险，费了无数的麻烦，牺牲了一切平凡的安逸，牺牲了家庭的亲谊和人间的名誉，去追求，去试验一个"梦想之神圣境界"，而终于免不了惨酷的失败，也不完全是他的人生观的失败。他的失败是因为他的信仰太单纯了，而这个现实世界太复杂了，他的单纯的信仰经不起这个现实世界的摧毁；正如易卜生的诗剧 Brand 里的那个理想主义者，抱着他的理想，在人间处处碰钉子，碰得焦头烂额，失败而死。

然而我们的志摩"在这恐怖的压迫下"，从不叫一声"我投降了"！他从不曾完全绝望，他从不曾绝对怨恨谁。他对我们说：

你们不能更多的责备。我觉得我已是满头的血水，能不低头已算是好的。

——《猛虎集》自序

是的，他不曾低头。他仍旧昂起头来做人；他仍旧是他那一团的同情心，一团的爱。我们看他替朋友做事，替团体做事，他总是仍旧那样热心，仍旧那样高兴。几年的挫折、失败、苦痛，似乎使他更成熟了，更可爱了。

他在苦痛之中，仍旧继续他的歌唱。他的诗作风也更成熟了。他所谓"初期的汹涌性"固然是没有了，作品也减少了；但是他的意境变深厚了，笔致变淡远了，技术和风格都更进步了。这是读《猛虎集》的人都能感觉到的。

志摩自己希望今年是他的"一个真正的复活的机会"。他说："抬起头居然又见到天了。眼睛睁开了，心也跟着开始了跳动。"我们一班朋友都替他高兴。他这几年来想用心血浇灌的花树也许是枯萎的了；但他的同情、他的鼓舞，早又在别的园地里种出了无数的可爱的小树，开出了无数可爱的鲜花。他自己的歌唱有一个时代是几乎消沉了；但他的歌声引起了他的园地外无数的歌喉，嘹亮的唱，哀怨的唱，美丽的唱。这都是他的安慰，都使他高兴。

谁也想不到在这个最有希望的复活时代，他竟丢了我们走了！他的《猛虎集》里有一首咏一只黄鹂的诗，现在重读了，好像他在那里描写他自己的死，和我们对他的死的悲哀：

等候他唱，我们静着望，

怕惊了他。

但他一展翅，

冲破浓密，化一朵彩云；

他飞了，不见了，没了——

像是春光，火焰，像是热情。

志摩这样一个可爱的人，真是一片春光，一团火焰，一腔热情。现在难道都完了？

决不！决不！志摩最爱他自己的一首小诗，题目叫作"偶然"，在他的《卞昆冈》剧本里，在那个可爱的孩子阿明临死时，那个瞎子弹着三弦，唱着这首诗：

我是天空里的一片云，

偶尔投影在你的波心——

你不必讶异，

更无需欢喜——

在转瞬间消灭了踪影。

你我相逢在黑夜的海上，

你有你的，我有我的，方向。

你记得也好，

最好你忘掉，

在这交会时互放的光亮！

朋友们，志摩是走了，但他投的影子会永远留在我们心里，他放的光亮也会永远留在人间，他不曾白来了一世。我们有了他做朋友，也可以安慰自己说不曾白来了一世。我们忘不了他和我们在那交会时互放的光亮！

我的一位国文老师 / 梁实秋

　　我在十八九岁的时候，遇见一位国文先生，他给我的印象最深，使我受益也最多，我至今不能忘记他。

　　先生姓徐，名锦澄，我们给他取的绰号是"徐老虎"，因为他凶。他的相貌很古怪，他的脑袋的轮廓是有棱有角的，很容易成为漫画的对象。头很尖，秃秃的，亮亮的，脸形却是方方的，扁扁的，有些像《聊斋志异》绘图中的夜叉的模样。他的鼻子眼睛嘴好像是过分地集中在脸上很小的一块区域里。他戴一副墨晶眼镜，银丝小镜框，这两块黑色便成了他脸上最显著的特征。我常给他漫画，勾一个轮廓，中间点上两块椭圆形的黑块，便惟妙惟肖。他的身材高大，但是两肩总是耸得高高，鼻尖有一些红，像酒糟的，鼻孔里常川地藏着两筒清水鼻涕，不时地吸溜着，说一两句话就要用力地吸溜一声，有板有眼有节奏，也有时忘了吸溜，走了板眼，上唇上便亮晶晶地吊出两根玉箸，他用手背一抹。他常穿的是一件灰布长袍，好像是在给谁穿孝。袍子在整洁的阶段时我没有赶得上看见，余生也晚，我看见那袍子的时候即已油渍斑斓。他经常是仰着头，迈着八字步，两眼望青天，嘴撇得瓢儿似的。我很难得看见他笑，如果笑起来，是狞笑，样子更凶。

我的学校是很特殊的。上午的课全是用英语讲授，下午的课全是国语讲授。上午的课很严，三日一问，五日一考，不用功便被淘汰，下午的课稀松，成绩与毕业无关。所以每到下午上国文之类的课程，学生们便不踊跃，课堂上常是稀稀拉拉的不大上座，但教员用拿毛笔的姿势举着铅笔点名的时候，学生却个个都到了，因为一个学生不只答一声到。真到了的学生，一部分是从事午睡，微发鼾声，一部分看小说如《官场现形记》《玉梨魂》之类，一部分写"父母亲大人膝下"式的家书，一部分干脆瞪着大眼发呆，神游八表。有时候逗先生开玩笑。国文先生呢，大部分都是年高有德的，不是榜眼，就是探花，再不就是举人。他们授课不过是奉行故事，乐得敷敷衍衍。在这种糟糕的情形之下，徐老先生之所以凶，老是绷着脸，老是开口就骂人，我想大概是由于正当防卫吧。

有一天，先生大概是多喝了两盅，摇摇摆摆地进了课堂。这一堂是作文，他老先生拿起粉笔在黑板上写了两个字，题目尚未写完，当然照例要吸溜一下鼻涕，就在这吸溜之际，一位性急的同学发问了："这题目怎样讲呀？"老先生转过身来，冷笑两声，勃然大怒："题目还没有写完，写完了当然还要讲，没写完你为什么就要问？……"滔滔不绝地吼叫起来，大家都为之愕然。这时候我可按捺不住了。我一向是个上午捣乱下午安分的学生，我觉得现在受了无理的侮辱，我便挺身分辩了几句。这一下我可惹了祸，老先生把他的怒火都泼在我的头上了。他在讲台上来回地踱着，吸溜一下鼻涕，骂我一句，足足骂了我一个钟头，其中警句甚多，我至今还记得这样的一句：

×××！你是什么东西？我一眼把你望到底！

这一句颇为同学们所传诵。谁和我有点争论遇到纠缠不清的时候，都会引用这一句"你是什么东西？我把你一眼望到底！"当时我看形势不妙，也就没有再多说，让下课铃结束了先生的怒骂。

但是从这一次起，徐先生算是认识我了。酒醒之后，他给我批改作文特别详尽。批改之不足，还特别的当面加以解释，我这一个"一眼望到底"的学生，居然成为一个受益最多的学生了。

徐先生自己选辑教材，有古文，有白话，油印分发给大家。《林琴南致蔡孑民书》是他讲得最为眉飞色舞的一篇。此外如吴敬恒的《上下古今谈》、梁启超的《欧游心影录》，以及张东荪的时事新报社论，他也选了不少。这样新旧兼收的教材，在当时还是很难得的开通的榜样。我对于国文的兴趣因此而提高了不少。徐先生讲国文之前，先要介绍作者，而且介绍得很亲切，例如他讲张东荪的文字时，便说："张东荪这个人，我倒和他一桌上吃过饭。……"这样的话是相当的可以使学生们吃惊的，吃惊的是，我们的国文先生也许不是一个平凡的人吧，否则怎样会能够和张东荪一桌上吃过饭！

徐先生于介绍作者之后，朗诵全文一遍。这一遍朗诵可很有意思。他打着江北的官腔，咬牙切齿地大声读一遍，不论是古文或白话，一字不苟地吟咏一番，好像是演员在背台词，他把文字里的蕴藏着的意义好像都给宣泄出来了。他念得有腔有调，有板有眼，有情感，有气势，有抑扬顿挫，我们听了之后，好像是已经理会到原文的意义的一半了。好文章掷地作金石声，那也许是过分夸张，但必须可以琅琅上口，那却是真的。

徐先生之最独到的地方是改作文。普通的批语"清通""尚可""气盛言宜"，他是不用的。他最擅长的是用大墨杠子大勾大抹，一行一行地抹，整页整页地勾；洋洋千余言的文章，经他勾抹之后，所余无几了。我初次经此打击，很灰心，很觉得气短，我掏心挖肝的好容易诌出来的句子，轻轻地被他几杠子就给抹了。但是他郑重地给我解释一会，他说："你拿了去细细地体味，你的原文是软爬爬的，冗长，懈啦光唧的，我给你勾掉了一大半，你再读读看，原来的意思并没有失，但是笔笔都立起来了，虎虎有生气了。"我仔细一揣摩，果然。他的大墨杠子打得是地方，把虚泡囊肿的地方全削去了，剩下的全是筋骨。在这删削之间见出他的工夫。如果我以后写文章还能不多说废话，还能有一点点硬朗挺拔之气，还知道一点"割爱"的道理，就不能不归功于我这位老师的教诲。

徐先生教我许多作文的技巧。他告诉我："作文忌用过多的虚字。"该转的地方，硬转；该接的地方，硬接。文章便显着朴拙而有力。他告诉我，文章的起笔最难，要突兀矫健，要开门见山，要一针见血，才能引人入胜，不必兜圈子，不必说套语。他又告诉我，说理说至难解难分处，来一个譬喻，则一切纠缠不清的论难都迎刃而解了，何等经济，何等手腕！诸如此类的心得，他传授我不少，我至今受用。

我离开先生已将近五十年了，未曾与先生一通音讯，不知他云游何处，听说他已早归道山了。同学们偶尔还谈起"徐老虎"，我于回忆他的音容之余，不禁的还怀着怅惘敬慕之意。

回忆梁实秋先生 / 季羨林

　　我认识梁实秋先生，同他来往，前后也不过两三年，时间是很短的。但是，他留给我的回忆却是很长很长的。分别之后，到现在已经四十年了。我仍然时常想到他。

　　一九四六年夏天，我在离开了祖国十一年之后，受尽了千辛万苦，又回到了祖国怀抱，到了南京。当时刚刚打败了日本侵略者，国民党的劫收大员正在全国满天飞，搜括金银财宝，兴高采烈。我这一介书生，"无条无理"，手里没有几个钱，北京大学还没有开学，拿不到工资，住不起旅馆，只好借住在我小学同学李长之在国立编译馆的办公室内。他们白天办公，我就出去游荡，晚上回来，睡在办公桌上。早晨一起床，赶快离开。国立编译馆地处台城下面，我多半在台城上云游。什么鸡鸣寺、胭脂井，我几乎天天都到。再走远一点，出城就到了玄武湖。山光水色，风物怡人。但是我并没有多少闲情逸致，观赏风景。我的处境颇像旧戏中的秦琼，我心里琢磨的是怎样卖掉黄骠马。

　　我这样天天游荡，梦想有朝一日自己能安定下来，有一间房子，有一张书桌。别的奢望，一点没有。我在台城上面看到郁郁葱葱的古柳，心头不由地涌出了古人的诗：

> 江雨霏霏江草齐
> 六朝如梦鸟空啼
> 无情最是台城柳
> 依旧烟笼十里堤

　　这里讲的仅仅是六朝。从六朝到现在，又不知道有多少朝多少代过去了。古柳依然是葱茏繁茂，改朝换代并没有影响了它们的情绪。今天我站在古柳面前，一点也没有觉得它们"无情"，我觉得它们有情得很。我天天在六月的炎阳下奔波游荡，只有在台城古柳的浓荫下才能获得片刻的清凉，让我能够坐下来稍憩一会儿。我难道不该感激这些古柳而还说三道四吗？

　　又过了一些时候，有一天长之告诉我，梁实秋先生全家从重庆复员回到南京了。梁先生也在国立编译馆工作。我听了喜出望外。我不认识梁先生，论资排辈，他大我十几岁，应该算是我的老师。他的文章我在清华大学读书时就读过不少，很欣赏他的文才，对他潜怀崇敬之情。万万没有想到竟在南京能够见到他。见面之后，立刻对他的人品和谈吐十分倾倒。没有经过什么繁文缛节，我们成了朋友。我记得，他曾在一家大饭店里宴请过我。梁夫人和三个孩子：文茜、文蔷、文骐，都见到了。那天饭菜十分精美，交谈更是异常愉快，给我留下了深刻的印象，至今忆念难忘。我自谓尚非馋嘴之辈，可为什么独独对酒宴记得这样清楚呢？难道自己也属于饕饕大王之列吗？这真叫作没有法子。

解放前夕，实秋先生离开了北平，到了台湾，文茜和文骐留下没有走。在那时代，有人把这一件事看得大得不得了。现在看来，也没有什么了不起的。一个人相信马克思主义，这当然很好，这说明他进步。一个人不相信，或者暂时不相信，他也完全有自由，这也绝非反革命。我自己过去不是也不相信马克思主义吗？从来就没有哪一个人一生下就是马克思主义者，连马克思本人也不是，遑论他人。我们今天知人论事，要抱实事求是的态度。

至于说梁实秋同鲁迅有过一些争论，这是事实。是非曲直，暂作别论。我们今天反对对任何人搞"凡是"，对鲁迅也不例外。鲁迅是一个伟大人物，这谁也否认不掉。但不能说凡是鲁迅说的都是正确的。今天，事实已经证明，鲁迅也有一些话是不正确的，是形而上学的，是有偏见的。难道因为他对梁实秋有过批评意见，梁实秋这个人就应该永远打入十八层地狱吗？

实秋先生活到耄耋之年。他的学术文章，功在人民，海峡两岸，有目共睹，谁也不会有什么异辞。我想特别提出一点来说一说。他到了老年，同胡适先生一样，并没有留恋异国，而是回到台湾定居。这充分说明，他是热爱我们祖国大地的。至于他的为人毫无架子，像对我和李长之这样年轻一代的人，竟也平等对待，态度真诚和蔼，更令人难忘。这种作风，即使不是绝无仅有，也总算是难能可贵。对我们今天已经成为前辈的人，不是很有教育意义吗？

去年，他的女儿文茜和文蔷奉父命专门来看我。我非常感动，知道他还没有忘掉我。这勾引起我回忆往事。回忆虽然如云如烟，但是感情却是非常真实的。我原期望还能在大陆见他一面，不意他竟尔仙逝。我非常悲痛，想写点什么，终未果。去年，他的夫人从台湾来北京举行追思会。我正在南京开会，没能亲临参加，只能眼望台城，临风凭吊。我对他的回忆将永远保留在我的心中，直至我不能回忆为止。我的这一篇短文，他当然无法看到了。但是，我仿佛觉得，而且痴情希望，他能看到。四十年音问未通，这是仅有的一次也是最后一次通音问了。悲夫！

回忆鲁迅先生 / 靳以

恍如昨日似的，几千送葬人的沉抑而哀痛的葬歌，仿佛还响在我的耳边。我们轻轻地把鲁迅先生的棺木放到墓穴中，盖上了人民送给他的"民族魂"的长旗。那时苍茫的暮色匝地，秋风四起，小鸟绕林，无树可栖；从歌声中也听出轻微的啜泣，我自己也忍不住热泪盈眶了。我的心中不断地问着自己："难道先生真的离开了我们么？""不，不，——"紧接着我就自己回答着，"他永远也不会离开我们的。"

二十年了，我更深刻而具体地体会到他从来也不曾离开我们，他将永远也不会离开我们。鲁迅先生伟大的背影，一直在我们的面前。他肩着革命文学的大旗，领着我们，在任何艰难困苦的时候我们也不敢怠慢。他那热爱祖国，热爱人民，热爱下一代，是非分明，爱憎强烈，对真理的执着和百折不挠坚韧的战斗精神，永远照耀着我们，成为我们前进的原动力。

我是在十月十九日清早就听到先生逝世的信息，仿佛一下子被丢进冰冷的海水里，我们就急忙赶到大陆新村的住处去。在我是第一次跨进那门限，原来是多么值得兴奋的，单单在那么一天，一切的兴奋化成更沉痛的悲伤了。我看见先生安静地躺在那里，一张清癯的脸容和疲弱的身体。他的眼睛闭上了，我再不能从那里得到慈和的目光，它们再也不能向敌人怒目而视了。当我看到那狭小的房间，当窗的书案和相距不到二尺的眠床，尤其是那张先生只有在休息的时间才躺上去的藤躺椅，对先生自奉菲薄的生活引起无比的崇敬。我想起先生的话："生活太安逸了，工作就被生活所累。"先生以身作则，言行一致，使我们却感到万分的不安。

当遗体送到万国殡仪馆的时候，我们是天天都去的，许多青年也像一股洪流似的不断来往，一直到举行葬仪的那一天。他们自愿地来，除开怀着悲痛的心情也需要勇气的，因为暗探特务像鬼影一样摇来晃去，说是来"保护"的马巡队挎着实弹的马枪围在我们的周遭，但那时我们都不怕，在真理和正义的面前，邪恶只能像苍蝇一样在四面嗡嗡着，先生伟大的人格，连反动派也只好束手垂头的。

我还记得在最后瞻仰遗容的时候，一只大手紧紧抓住我的肩头，我回头一望，才看到是眼睛涨满了泪水的西谛，我的心中感觉到：该以鲁迅先生的精神把我们紧密地团结起来，向着敌人猛攻吧。

其实我和鲁迅先生相识是很晚的，那是一九三五年我从北京到上海编辑《文季月刊》的时候。见面的次数也不多，有时是在展览会上，有时是在人不多的宴会上，有时我也偷偷跑到内山书店，好像是去买书，实在是想看先生一眼的。我还记得第一次看见先生的时候，一个同志把我领到他的面前，说出我的名字。我怯生生地伸出手去，握着先生的手，仿佛有一股热烘烘的暖流传到我的全身，使得我的脸更红了，话更说不出来了，那时候我还不过是一个二十几岁的青年。可是当我鼓起勇气抬起头来望他的时候，他那慈和的，好像早就认识我的亲切的笑脸深深地打动了我，使我顿时恢复了失去的勇气。尽管我不大听得懂他的话，可是他对和他走在一条大路上的青年一代的关切与挚情，我是深深地感受到了。后来我和青年有了更多的接触的时候，我也是在学习先生的这种爱憎分明的态度。而当我和勇往直前、充满了战斗精神的青年在一起的时候，我也觉得自己很年轻，很愉快，也很有生气；使我感染到他们的朝气和战斗精神这一点，至今还使我充满了感激之情的。

当我在北京担任《文学季刊》编辑的时候，鲁迅先生就曾寄过文章来。那时候我们真高兴极了，把原稿抄了一份发排；不仅是珍贵先生的手迹，也怕被"检查官"看出了笔迹而加以扣留没收。那时的《文学季刊》的主要作用之一，就是设法发表那些在上海不能发表的稿件，有的甚至已经在上海被"检查官"扣留或抽出，又在《文学季刊》上改题换名印了出来。我们那时只得在敌人的内部矛盾中做好我们的工作。可是当南京的文化特务的魔爪伸到北京来以后，这个办法就行不通了，《文学季刊》也只好停刊，我也只得一人走上海，另闯一条新的道路了。

但更早的说起来，当我还是一个大学生，开始我的文学工作，在一阵激情之下写出的第一首诗就是投给鲁迅先生主编的《语丝》而被刊登出来。那诗实在写得不好，而且后来认识到自己没有写诗的才能，就绝不再写诗了；可是那时看到自己不像样的诗句印成了铅字，由鲁迅先生过目，经过他的手的抚摸而和他的文章在一本刊物上印出来，当时心情的昂奋是可以想象的。后来当我快离开大学的时候，鲁迅先生以三闲书屋的名义印出了《铁流》和《毁灭》，我就是通过一位同志的手用半价预购来的。当我把这两本书捧在手中，我那兴奋的心情简直是说不出的。同时我也悔恨自己不该只用半价就得到这两本宝贵的书，因为那时我的经济情况还宽裕，不该占去穷苦青年半价购书的机会；同时也感觉到对不起鲁迅先生，使他蒙受不必要的损失。但实在说起来，那时候我也无从用另外的方法来购得这两本书。

我在中学的时候，就是鲁迅先生的热心读者，那正是《语丝》在北京大学二院创刊的时候，后来又有《莽原》。算定了出版日期，准时到传达室前，从砖头下取出一份《语丝》或《莽原》，然后把两大枚铜元放在纸盒里。此外我也订阅《京报副刊》，北新书局在北京翠花街成立以后，我更是一个经常的购书者。从初版的《呐喊》，一直到后来鲁迅先生所印的书，包括先生那时的翻译《苦闷的象征》《出了象牙之塔》我都是争先购得一本。有些文章那时说起来也不一定看得懂，可是在"三一八"惨案之后，看到《纪念刘和珍君》，我不仅看懂了，而且在我小小的心上划下了深刻的血痕，给我勇气，憎恨敌人。在那里我看到："真的猛士，敢于直面惨淡的人生，敢于正视淋漓的鲜血。"在文后，我还看到："苟活者在淡红的血色中，会依稀看到微茫的希望；真的猛士，将更奋然而前行！"那时，在凶暴的军阀统治下的天津，时时把杀下来的人头挂在中学门前的电线杆上，吓得胆小的孩子们半夜都睡不着觉。而我，最初也是感到害怕的，由于读了先生的文章，后来却敢于正视。但毕竟那时还是一个孩子，不是猛士，没有能奋然前行；不过在人群之中，摇旗呐喊，打倒帝国主义和反对卖国政府，我总是不落在别人后边的。

先生小说中的人物，初看就留下不可磨灭的印象，几十年来，一直在记忆中是栩栩如生的阿Q、祥林嫂、孔乙己、方纬甫、九斤老太、七斤嫂不必说了，《故乡》中的闰土给了我非常深刻的印象。我仿佛看到月光下海边瓜地上拿着钢叉又跑又跳十几岁的闰土，我仿佛也看到三十年后满脸皱纹，灰黄脸，红眼圈的叫着"老爷"的闰土。"一层可悲的厚障壁"隔开了他们，而我，长大起来的时候，也同样地感到鲁迅先生所感受到的悲哀。人与人之间被什么看不见的手扯开了，连童年时珍贵的感情也飞得无影无踪了，真是惘然若失，感觉到在过去的日子中，一天一天都在失掉些什么。

但在《藤野先生》中，鲁迅先生却说他从挂在北京寓居的东墙上藤野先生的照片中，得到了不倦的教诲和不尽的勇气。读到最后一节，"每当夜间疲倦，正想偷懒时，仰面在灯光中瞥见他黑瘦的面貌，似乎正要说出抑扬顿挫的话来，便使我忽又良心发现，而且增加勇气了。"我就像看到鲁迅先生丢下烟头，振笔如飞，紧握着武器，向着敌人毫不容情地投去。

过去我在经常颠沛流离的生活中也没有能常在壁间悬起先生的照相，但在我的心上，刻印着先生最美丽最神圣的肖像。每当我在困难的面前将要低头的时候，在个人的得失上摇摆不定的时候，在疲困万分渴想休息的时候，……不但先生严峻的脸和慈和的笑容都在督促着我，他的战斗的一生，一节一节生动地显现在我的眼前，使得我的精神又振奋起来，昂首挺胸，决然前行，大踏步地紧踏着先生的道路前进。

当鲁迅先生逝世二十年的时候，我的琐细的、微不足道的回忆，不过说明一点先生生前对青年一代的关怀与热爱。而我自己，也稍稍说出来直接和间接从先生那里所受到的教诲和益处。

如果鲁迅先生还健在的话，他的笑声该更爽朗，他该笑得更好。对文学青年来说是更有福的，但对残余的邪恶的人和事，他将无情地用烈火把它们烧成灰烬！

投荒者 / 李广田

哥哥从小便生得瘦弱。有一只眼睛是斜着的，这眼睛也生得特别细小，因此看东西时，常是把脑袋斜着。在当时，就曾经被村里的孩子们嗤笑过，说这样的脸貌颇有几分呆相。长大后，他依然是那样，我常从他那只斜而小的眼睛上回忆起童年的影子来。

当我还未曾学着识字时，哥哥便已读了《孟子》《论语》之类，同时也读着《买卖杂字》。大概，在那时候父亲已给哥哥把职业决定了。冬天晚上，坐在炉炕的菜油灯下，我曾和哥哥伴读。关于书里的事情，我什么也记不起来，仿佛还记得一点影子的，是他把一本小书紧凑在一只眼睛上的那样子。他又常把眼睛紧盯着一个方向，紧盯着，好像在沉思着什么。他非常驯良。

天气暖和的时候，我常随着哥哥到野外去。

我们的野外很可爱，软软的大道上，生着浅草，道旁，遍植了榆柳或青杨。春天来，是满飞着桃花，夏天，到处是桃子的香气。那时，村里的姑娘们多守在她们的桃园里做着针黹；男孩子们在草地上牧牛，或是携了柳筐在田地里剜些野菜。当我同哥哥也牵了自家的母牛到这田野的草地来时，我每是在路上跳着，跑着，在草地上打着滚身，或是放开嗓子唱着村歌。很奇怪，不管我怎样，哥哥却常是沉默着，"哥哥是大人，所以便不得不装着沉默的吗？"曾这样想。

有一天，我又同哥哥在野外"看风景"了——"看风景"是哥哥的文话——他忽然问我：

"告诉我，你将来打算干什么？"

我不加思索地：

"我？——也要读书吧。"这样答。

"难道，你还能读书到老吗？"又问。

不曾想到过所谓"将来"的我，这问题是回答不出的，只见孩子们长大起来便读书，所以就率尔而对了。

"那么，哥哥要干些什么呢？"

自己这样反问着哥哥，觉得很妙，而且期待着他的回答。

但他又沉默着了，好像在思索着什么，永不曾回答我。他把脑袋仰着，眼睛紧盯着远方，紧盯着。我不知道他的目标是什么，只看见，好像连脚跟也要抬了起来，就如一只将要飞去的小鸟，紧张着翅膀。他那只斜而小的眼睛几乎完全闭住了。展在面前的是广漠的绿野，在一列远树的后面垂下了淡青色的天幕。

同哥哥离开的时候，也就是我离开了童年的时候。我到远方的一个省城里入了中学，哥哥到县城的小商店里作学徒去了。两年之后的一个暑假，我从省城回家的途中，经过县城到哥哥的小商店去。

哥哥的小商店住在一条并不热闹的街巷中。从商店的外面看，是罗列了各色各样的布匹，里面却乱堆着很多的杂货。门面还较宽敞，里边就太窄狭了，火柴、煤油、葱蒜、纸张之类的混合气息，令人感到闷塞。哥哥而外，还有两个人物，此刻已想不起他们是什么样子。只记得他们的衣服，都同他们的木柜台是同样污秽、油腻。在一个黑暗的角落里，一张歪拗了的小桌，桌上放着笔墨账簿之类，那是哥哥的地位。外面的街巷狭得像条缝，从哥哥的位上看不见一线天空。

"啊，岑，两年不见，真是长大了不少呢。"

哥哥一见我，暂时显出了惊喜的样子，慌着招顾我，说了这话。此外，他还说了些什么呢？我完全不记得了，好像他当时并不曾说些什么，他还是那样沉默，甚且，比从前变得更沉默了，只是那一大一小的眼睛里，依然是藏着什么秘密似的，放着幽凄的光。

"哥哥，商店的生活可还好吗？"

为要提起话题，我这样问。

"没有什么，做着这样的事也只是不得已罢了。"

"那么，这样的生活要干到几时为止呢？"我又问。

显然地，这一问是没有下文的了，他又沉默着，像在沉思着什么。这时，我才注意到哥哥的脸色，这使我非常惊愕。我忽然觉得他不是我的哥哥，而是一个过路的陌生人，或是一个从远道归来的旅行者。他的声音，虽然更低微了些，还没有多大变化，他的面貌却变得太厉害。暗紫色的薄唇，深陷的眼睛，那一只小而斜的眼睛，也显得更斜更小了，高耸的两颊上没有血色，眉间也有了几道皱纹，满脸上似是罩了一层暗影。啊，这就是我的哥哥吗？我越仔细看，越觉得奇异，而且，在我的眼前他还继续变着。很久的时间，我们没有说话。忽然，他被一阵剧烈的咳嗽所苦，那样忍不住而又不得不强抑着的咳声，表示出他的内部的痛苦。他又不断地向地下吐唾，咳嗽停止后，他目不转睛地望着地面，我也随了他的视线俯下去看时，——啊，不是痰，是血！

原来哥哥在这小商店里，终日只是伏在那一个黑暗的小角落里，和那一张污秽的桌子作对，身体原就生得纤弱，而年来又过着这囚徒似的生活，这大概就是致病的原因了。后来，我又同哥哥谈起些琐细的事情，也谈到些家乡的情形，但他只是很不关切地应和着，并说，商店不好家乡也不好，仿佛世界上并没有他的去处似的，他沉着脸，低声叹息。临别的时候，又对我这样说：

"岑，要苦苦地用功才好，将来也可在外边作出点新鲜事业；像我这样，怕是没有什么成就的了。"

为厄运所迫，不曾等到中学毕业，我便离开我的学校生活了。这以后，便是南北流转，过着浪人的日子。虽然有时候也还想起些家乡的事来，但一个人放浪既久，终日在打算着逃出命运的摆布，梦想着些虚无的事物时，家乡的影子也就益显得模糊了，关于哥哥的事情也就忘在了一边。计算起来，这样的日子又过了三年之久，不知是被什么所驱遣，我竟住脚在这一座古城里，且又混迹在大学里，自己每觉得是一件不可思议的事。

某日的上午，是将近十一点的时候，忽然从门缝里掷进一封信来，我很惊异，一看那信上的字迹，便知道是哥哥的手笔，发信的地点是济南的一个旅馆：

岑弟……路过济南府，碰到你的同窗王君了，他说你现住在
北京城，又说你在大学堂念书，我听了很喜欢。明天，我就到北京
城，因为带着女人孩子，怕不能下车去说话，顶好是你能于十二点
钟前到西直门车站去见见面，见面时，我好把我的打算告诉你。

兄岭字

第二页：

还是先把我的打算和你说了吧，免得到车站上慌张，没了说话
的工夫。

我打算到西北边塞去，到那边去种地，这是我早就想干的事业
了。那边荒地很多，地价又廉，在那边干它个三五年，总可以买到
几十顷荒地，也想把家乡的穷人们领去干干呢。咱家乡的事情，还
是多少年前那老样子，我不愿意再在家乡干事了，临走的时候，爹
和娘都哭着留我，都嫌西北边塞太远，叫我死了这口气，可是，我
已经把一个很好的盼头放在老人们的眼前了，爹和娘也就忍着泪把
我送走了。

明日，我们就见面；再过几日，我就到达西北边塞了。

岭又及

把两页信重读一过，我的心跳得厉害。浮在我的眼前的是多少
年前的哥哥那脸相，但哥哥却不是在那暗黑的小商店里，而是在一
片无边的荒野里了，那里是遍地林莽，风云异色。仿佛只有哥哥一

人，拿了一件笨重的农具在那里操作。忽然挂钟敲了一下，十一点半了，我好像梦中醒来似的，急忙出门到车站去。

到西直门车站时，车已进站了，我在人丛中挤来挤去。费了很多工夫，才找着哥哥。虽然面貌更清瘦了些，但不再像从前那样阴暗了，且用了一个微笑望我。我在人丛中挤到车门口，大家都探着身子，却不能好好地握手，在人丛中我又看见了嫂嫂。

嫂嫂变得苍老了，依旧穿着在故乡时所穿的那老式衣裳，把大孩子抱在椅子上，小孩子抱在怀里，笑着，指我说：

"看，快看，那不是叔叔。"

两对小眼睛向我盯着，呆了。我正想同两个小孩子打招呼时，哥哥又在人丛中指着一个乘客说：

"这是高先生，到西北去的同伴。"

话犹未了，就响了汽号，车上的人都摇动着，车要开了。这时候，哥哥从嫂嫂手里接过一个钱褡来，并递给我，说：

"路上带钱不多，就先拿这些去用吧，连这钱褡；到西北后，有钱再寄来。"

我在慌乱中接过那钱褡，又在慌乱中从车里挤了出来，立在站台上刚喘过一口气，车便开了，还看见哥哥那清瘦的脸，在用了微笑回望我。我在站台上伫立着，望着那列车的驶去，听着那远去了的匆匆的轮声，从车头上喷在空际的灰白的烟也渐渐地淡薄而完全消逝了。

一个月过去，不见信来。哥哥可曾到达了目的地吗？两个月过去，依然不见信来，莫不是哥哥在那里忙着开垦的事业，就无暇写信吗？三个月过去了，我非常担心，难道哥哥又犯了旧病吗？想起哥哥在小商店里吐血的那情形来，不禁觉得凄然。正想写信到故乡的家中探问时，西北的快信寄来了，但一看那信封，便知道不是哥哥的手笔。发信的地点是包头镇的一个旅店，信写得颇长，也很错乱，但其中的意思是很明白的。啊，哥哥，哥哥，谁料在车站的匆匆一见，便是我们的永别呢！

到了执笔的现在，差不多又是三年之后了，哥哥的遗骸依然寄葬在包头镇附近的一座荒山上。每当凄风苦雨，或是为寂寞所苦时，就常想起哥哥的那副沉思的脸来，不知怎地，仿佛到了现在对于他那样的"沉思"才稍有一点了解似的，益觉得可哀。而使我更不能忘怀的，是哥哥那未能着手的开垦事业，且也更觉得那是一桩很值得冒险的事业了。

落花生 / 许地山

我们屋后有半亩隙地。母亲说："让它荒芜着怪可惜，既然你们那么爱吃花生，就辟来做花生园吧。"我们几姐弟和几个小丫头都很喜欢——买种的买种，动土的动土，灌园的灌园；过不了几个月，居然收获了！

妈妈说："今晚我们可以做一个收获节，也请你们爹爹来尝尝我们的新花生，如何？"我们都答应了。母亲把花生做成好几样的食品，还吩咐这节期要在园里的茅亭举行。

那晚上的天色不大好，可是爹爹也到来，实在很难得！爹爹说："你们爱吃花生么？"

我们都争着答应："爱！"

"谁能把花生的好处说出来？"

姊姊说："花生的气味很美。"

哥哥说："花生可以制油。"

我说："无论何等人都可以用贱价买它来吃；都喜欢吃它。这就是它的好处。"

爹爹说："花生的用处固然很多；但有一样是很可贵的。这小

139

小的豆不像那好看的苹果、桃子、石榴，把它们的果实悬在枝上，鲜红嫩绿的颜色，令人一望而发生羡慕的心。它只把果子埋在地底，等到成熟，才容人把他挖出来。你们偶然看见一棵花生瑟缩地长在地上，不能立刻辨出它有没有果实，非得等到你接触它才能知道。"

我们都说："是的。"母亲也点点头。爹爹接下去说："所以你们要像花生，因为它是有用的，不是伟大、好看的东西。"我说："那么，人要做有用的人，不要做伟大、体面的人了。"爹爹说："这是我对于你们的希望。"

我们谈到夜阑才散，所有花生食品虽然没有了，然而父亲的话现在还印在我心版上。

追忆曾孟朴先生 / 胡适

我在上海做学生的时代，正是东亚病夫的《孽海花》在《小说林》上陆续刊登的时候，我的哥哥绍之曾对我说这位作者就是曾孟朴先生。

隔了近二十年，我才有认识曾先生的机会，我那时在上海住家，曾先生正在发愿努力翻译法国文学大家嚣俄①的戏剧全集。我们见面的次数很少，但他的谦逊虚心，他的奖掖的热心，他的勤奋工作都使我永远不能忘记。

我在民国六年七年之间，曾在《新青年》上和钱玄同先生通讯讨论中国新旧的小说，在那些讨论里我们当然提到《孽海花》，但我曾很老实地批评《孽海花》的短处。十年后我见着曾孟朴先生，他从不曾向我辩护此书，也不曾因此减少他待我的好意。

他对我的好意，和他对于我的文学革命主张的热烈的同情，都曾使我十分感动，他给我的信里曾有这样的话："您本是……国故田园里培养成熟的强苗，在根本上，环境上，看透了文学有改革的

————————

① 嚣俄：即法国作家维克多·雨果，代表作有《巴黎圣母院》《九三年》《悲惨世界》等。

必要，独能不顾一切，在遗传的重重罗网里杀出一条血路来，终究得到了多数的同情，引起青年的狂热。我不佩服你别的，我只佩服你当初这种勇决的精神，比着托尔斯泰弃爵放农身殉主义的精神，有何多让！"这样热烈的同情，从一位自称"时代消磨了色彩的老文人"坦白地表述出来，如何能不使我又感动又感谢呢！

我们知道他这样的热情一部分是因为他要鼓励一个年轻的后辈，大部分是因为他自己也曾发过"文学狂"，也曾发下宏愿要把外国文学的重要作品翻译成中国文，也曾有过"扩大我们文学的旧领域"的雄心。正因为他自己是一个梦想改革中国文学的老文人，所以他对于我们一班少年人都抱着热烈的同情，存着绝大的期望。

我最感谢的一件事是我们的短短交谊居然引起了他写给我的那封六千字的自叙传的长信（《胡适文存三集》，页一二五——一三八）。在那信里，他叙述他自己从光绪乙未（一八九五）开始学法文，到戊戌（一八九八）认识了陈季同将军，方才知道西洋文学的源流派别和重要作家的杰作。后来他开办了小说林和宏文馆书店，——我那时候每次走过棋盘街，总感觉这个书店的双名有点奇怪，——他告诉我们，他的原意是要"先就小说上做成个有统系的译述，逐渐推广范围，所以店名定了两个"。他又告诉我们，他曾劝林琴南先生用白话翻译外国的"重要名作"，但林先生听不懂他的劝告，他说："我在畏卢先生（林纾）身上不能满足我的希望后，从此便不愿和人再谈文学了。"他对于我们的文学革命论十分同情，正是因为我们的主张是比较能够"满足他的希望"的。

但是他的冷眼观察使他对于那个开创时期的新文学"总觉得不

十分满足", 他说: "我们在这新辟的文艺之园里巡游了一周, 敢说一句话: 精致的作品是发现了, 只缺少了伟大。" 这真是他的老眼无花, 一针见血! 他指出中国新文艺所以缺乏伟大, 不外两个原因: 一是懒惰, 一是欲速。因为懒惰, 所以多数少年作家只肯做那些"用力少而成功易"的小品文和短篇小说。因为欲速, 所以他们"一开手便轻蔑了翻译, 全力提倡创作"。他很严厉地对我们说: "现在要完成新文学的事业, 非力防这两样毛病不可, 欲除这两样毛病, 非注重翻译不可。" 他自己创办真美善书店, 用意只是要替中国新文艺补偏救弊, 要替它医病, 要我们少年人看看他老人家的榜样, 不可轻蔑翻译事业, 应该努力"把世界已造成的作品, 做培养我们创造的源泉"。

我们今日追悼这一位中国新文坛的老先觉, 不要忘了他留给我们的遗训!

哀念朱自清先生 / 李广田

　　佩弦先生离开我们已经整整七天了。在这七天之内，时时听到有人在谈论佩弦先生，也看到不少纪念佩弦先生的文字。至于我自己呢，却一直在沉默中，漫说要我自己提笔说话，即使有人向我问起佩弦先生的事，我也几乎无话可说。我在沉默中充满了伤痛。假如说话可以解除伤痛，我是应当说话的，然而我的话竟不知从何说起！

　　在别人的谈话中，以及在别人的文字中，大都提到佩弦先生是一个最完整的人。我觉得这话很对，但可惜说得太笼统。我愿意抑制自己的感情，试论佩弦先生的为人。

　　佩弦先生对人处事，无时无地不见出他那坦白而诚挚的天性，对一般人如是，对朋友如是，对晚辈，对青年人，尤其如此。凡是和朱先生相识，发生过较深关系的，没有不为他的至情所感的。你越同他交情深，你就越感到他的毫无保留的诚挚与坦白。你总感觉到他在处处为你打算，有很多事，仿佛你自己还没有想到，他却早已在替你安排好了。他是这样的：既像一个良师，又像一个知友，既像一个父亲，又像一个兄长。他对于任何人都毫无虚伪，他也不对任何人在表面上表示热情，然而他是充满了热情的，他的热情就包含在他的温厚与谦恭里面。

正由于他这样的至情，才产生了他的至文。《背影》一书，出版于一九二八年，二十年来，一直是一般青年人所最爱读的作品。其中《背影》一篇，论行数不满五十行，论字数不过千五百言，它之所以能够历久传诵而有感人至深的力量者，当然并不是凭借了什么宏伟的结构和华赡的文字，而只是凭了它的老实，凭了其中所表达的真情。这种表面上看起来简单朴素，而实际上却能发生极大的感动力的文章，最可以作为朱先生的代表作品，因为这样的作品，也正好代表了作者之为人。由于这篇短文被选为中学国文教材，在中学生心目中，朱自清三个字已经和《背影》成为不可分的一体。当朱先生逝世之后的第三天，我得到天津的来信，那写信人是一个中学的国文教师，他说："其初，传言说朱先生去世了，简直不敢相信，因为在最近离平之前还看见朱先生，而且还听了先生很多勉励的话；及至跑到外边，看见一群小学生，在争着抢着地看一张当天的报纸，其中有一个并且惊叹着对我说：'老师，作《背影》的朱自清先生死了！'我这才相信消息是真的，而且，看了小孩子们那种仓惶悲戚的神情，自己竟无言地落下泪来。"《背影》一文的影响于此可见，而且，我们也可以想象：有上千上万的幼稚心灵都将为这个《背影》的作者而暗自哀伤的吧！在另一本散文集《你我》中，有《给亡妇》一文，那文字与《背影》自然迥异，然而它作为朱先生的至情表现则与《背影》相同。据一位教过女子中学的朋友说，她每次给学生讲这篇文字，讲到最后，总听到学生中间一片欷嘘声，有多少女孩子且已暗暗把眼睛揉搓得通红了。在《给亡妇》的最后，他低低地呼唤着那亡妇的名字，写道：

我们想告诉你，五个孩子都好，我们一定尽心教养他们，让他们对得起死了的母亲你！谦，好好儿放心安睡罢，你。

我们的心立时就沉了下来，立时就感到黯然，而我们也就很自然地想到朱先生身后的陈夫人和三个幼小的弟妹，以朱先生之至情，我们若千遍万遍地祝祷他"好好儿放心安睡罢"，不知道他可能紧紧地闭上眼睛？

凡是认识朱先生的，同朱先生同过事的，都承认朱先生是最"认真"的人。他大事认真，小事也认真，自己的私事认真，别人或公众的事他更认真。他有客必见，有信必回，他开会上课绝不迟到早退。凡是公家的东西，他绝不许别人乱用，即便是一张信笺、一个信封。学校里在他大门前存了几车沙土，大概是为修墙或铺路用的，他的小女儿要取一点儿去玩玩，他说不许，因为那是公家的。闻一多先生遗著的编辑，自始至终，他交代得清清楚楚。他主持清华大学中国文学系，一切事情都井井有条，凡比较重要的事项都要征询同人的意见，或用开会方式尽情讨论，如无开会机会，他一定个别访问，把不同的意见汇集起来，然后作为定案，即便不必讨论的事情，拟办的或已办的，他大都告诉一声。这一切表现在日常生活中的认真精神，也正是他的热爱真理的一方面。没有一个爱真理的人而不是在处理日常事情上十分认真的。在朱先生，由于他的至情，由于他一贯的认真精神，他就自然地接近真理，拥抱真理。从抗战末期，以至最近，朱先生在思想上的变化是非常显著的，虽然由于体弱多病，像他自己所说的，他不能像年轻人那样迅速的进步，他说愿意给他较多的时间，他可以慢慢地赶上去，然而事实上他比青年人的道路走得更其踏实。因为他的变化既非一步跨过，也非趑趄不前，走三步退二步，而是虚心自省，一步一个脚印地走上去的。他并没有参加什么暴风雨一样的行动，然而他对于这类行动总是全力支持的，最少也是在不知不觉中发生力量的，除了担心青年人有所牺牲外，他可以说并无什么顾虑。他也没有什么激昂慷慨的言论，然而就在他那些老老实实的讲演与文字中，真理已一再地放了光，而且将一直发光下去。

复员以来，佩弦先生出版了很多新书，如《新诗杂话》《语文零拾》《诗言志辨》《标准与尺度》和《论雅俗共赏》等。其中固然有些旧作，但新写的实在更多。他在《标准与尺度》的自序里说：

复员以来，事情忙了，心情也变了，我得多写些，写得快些，随便些，容易懂些。……经过这一年来的训练，我的笔也许放开了些。不久以前，一位青年向我说，他觉得我的文章还是简省字句，不过不难懂。训练大概是有效验的。（一九四七年十二月）

就在这简单的说明里，我们也可以窥见朱先生的若干方面。他是谦虚的，他承认自己在受训练。他觉得自己有对大家说话的责任，而且要多说，快说，说得浅显，因为他热爱真理，他把握了真理，他愿意从各方面解释这些真理，发扬这些真理。凡是真心有话说的当然愿意说话，而因此他的笔自然也就放开了；凡是思想得到解放的，文字也就自然得到解放。不过这里也还藏着一个可哀的事实，朱先生以一身而负着一个很重的家累，职业上的薪俸不足以维持一家的生活，为了升斗所需，于是也就不得不快写，不得不多写了。但无论怎样多写，快写，却从没有乱写，因为他是认真的，因为他所写的是真理。他是作家、批评家、学者，然而他最近一两年来所发表的意见却不限于文学或所谓纯学术一方面的，这只要翻翻《标准与尺度》和《论雅俗共赏》就可以知道。在《标准与尺度》中有一篇叫作《论气节》，其中有一段说：

　　知识阶级开头凭着集团的力量勇猛直前，打倒种种传统，那时候是敢作敢为一股气，可是这个集团并不大，在中国尤其如此，力量到底有限，而与民众打成一片又不容易，于是碰到集中的武力，甚至加上外来的压力，就抵挡不住。而一方面广大的民众抬头要饭吃，他们也没法满足这些饥饿的民众。他们于是失去了领导的地位，逗留在这夹缝中间。渐渐感觉着不自由，闹了个"四大金刚悬空八只脚"。他们于是只能保守着自己，这也算是节吧；也想缓缓地落下地去，可是气不足，得等着瞧。可是这里是偏于中年一代。青年一代的知识分子却不如此，他们无视传统的"气节"，特别是那种消极的"节"，替代的是"正义感"，接着"正义感"的是"行动"，其实"正义感"是合并了"气"和"节"，"行动"还是"气"。这是他们的新的做人的尺度。等到这个尺度成为标准，知识阶级大概是还要变质的吧？

在这里，朱先生不但阐明了知识分子的地位之变迁，尤其可贵的，是指出并肯定了青年知识分子的新气节，新的做人尺度。这些话自然可以鼓励青年群，但他的话却不只是为了鼓励别人而说的，这里有他自己的实感，而且有他自己对于现阶段历史性质及现代人的时代任务之确认。而在同书的《论吃饭》中就提出了更明快的论点，他说：

可是法律不外乎人情，没饭吃要吃饭是人情，人情不是法律和官儿压得下的。没饭吃会饿死，严刑峻罚大不了也只是个死，这是一群人，群就是力量：谁怕谁！

"谁怕谁！"一点也不错，温柔敦厚的朱先生竟说出了这样坚决的话。他在《闻一多先生怎样走着中国文学的道路》（《闻一多全集》序）中，曾引用闻先生自己的话说："我只觉得自己是座没有爆发的火山。"其实，朱先生自己又何尝不是一样。关于中国当前的情形，他在《论吃饭》中接着说：

抗战胜利后的中国，想不到吃饭更难，没饭吃的也更多了。到了今天，一般人民真是不得了，再也忍不住了，吃不饱甚至没饭吃，什么礼义什么文化都说不上。这日子就是不知道吃饭权也会起来行动了，知道了吃饭权的，更怎么能够不起来行动，要求这种

"免于匮乏的自由"呢？于是学生写出"饥饿事大，读书事小"的标语，工人喊出"我们要吃饭"的口号。这是我们历史上第一回一般人民公开的承认了吃饭第一。

只读过朱先生前一期作品的人，或者只看到了朱先生德行学问的某一方面的人，可能不相信这是朱先生的话，然而这确是朱先生说的，而且说得那么好，那么切实，那么勇壮，这自然是时代使然，然而这也靠了主观的力量，主观的正义感和自觉心，也就是靠了朱先生的至情和对于真理的爱好。至于他对于今天的文学的意见，那就更其明快而显然。朱先生并不是历史家，然而近年来所写的文字中却大都有一个史的观点，不论是谈语文的，谈文学思潮的，或是谈一般文化的，大半是先作一历史的演述，从简要的演述中，揭发出历史的真相，然后就自然地得出结论，指出方向，也就肯定了当前的任务。在《新诗杂话》的第一篇《新诗的进步》中，他承认"从新诗运动的开始，就有社会主义倾向的诗"。《语文零拾》中有一篇《历史在战斗中》，他推崇杂文，说"时代的路向渐渐分明，集体的要求渐渐强大，现实的力量渐渐逼紧，于是杂文便成了春天的第一只燕子"。在《标准与尺度》中有《文学的标准与尺度》一文，说"社会主义"是今天的尺度，"文学终于要配合上那新的'民主'的尺度向前迈进的。"又说，"特权阶级垮台以后，才见到广度。从前有所谓雅俗之分，现在也还有低级趣味，就是从高度深度来比较的。可是现在渐渐强调广度，去配合着高度深度，普及同时也是提高，这才是新的'民主'的尺度。"在《论雅俗共赏》一书中有《论朗诵诗》一文，他说，"朗诵诗是群众的诗，是集体的诗。写作者虽然是个人，可是他的出发点是群众，他只是群众的代言人。……朗诵诗要能够表达出大家的憎恨、喜爱、需要和愿望。……朗诵诗直接与现实生活接触，它是宣传的工具，战斗的武器，而宣传与战斗正是行动与工作。……它活在行动里，在行动里完整，在行动里完成。这也是朗诵诗之所以为新诗中的新诗。"这一切，只说明一件事，就是：朱先生说话的立场乃是人民的立场，正如他在《论雅俗共赏》的序里所说的，而最急切的目的则为新的"民主"文化，新的"民主"文学。为人民，争民主，这是今天的真理，这也就是朱先生近年来所写文字中的主要内容。

朱先生有至情，可并不一天到晚缠绵悱恻；他爱真理，也并不逢人说教；他严肃而认真，却绝不板起铁面孔，叫人不敢亲近，只感到枯燥无味。他是极有风趣的，他的风趣之可爱可贵，正因为他的有至情，爱真理，严肃而认真。一九四一年我到了昆明，在大街上遇到的第一个熟人就是朱先生，假如不是他老远地脱帽打招呼，我简直不敢认他，因为他穿了一件奇奇怪怪的大衣，后来才知道那是赶马的人所披的毛毡，样子像蓑衣，也像斗篷，颜色却像水牛皮。我当时只是想笑，然而不好意思，他却很得意地告诉我一个大消息：太平洋战争已经爆发，中国的抗战已成了世界大战的一环，前途十分乐观。以后我在街上时时注意，却不见有第二个人是肯于或敢于穿这种怪大衣的。有一次在西南联大的广场上开文艺晚会，几千听众都随便地坐在草地上。朱先生的讲题是"五四以来的散文"，他说："什么是散文呢？像诸位这样的坐法就是散文的坐

法了。"他自己不笑，全场上却哄然大笑起来，朱先生每次演讲都
引起这样的笑声。在他的文字中，更是到处充满了风趣。在散文集
《你我》中，有一篇《看花》，中间有这样一段：

至于领略花的趣味，那是以后的事：夏天的早晨，我们那地
方有乡下的姑娘在各处街巷，沿门叫着，"卖栀子花来。"栀子花
不是什么高品，但我喜欢那白而晕黄的颜色和那肥肥的个儿，正和
那些卖花的姑娘有着相似的韵味。栀子花的香，浓而不烈，清而不
淡，也是我乐意的。我这样便爱起花来了。也许有人会问："你爱
的不是花吧？"这个我自己其实也不大弄得清楚，只好存而不论
了。（一九三〇年四月）

"也许有人会问"，其实没有谁问，只是作者自己在体会那种
意味罢了。在同集中还有《谈抽烟》《择偶记》等，都是同样富有
风趣的作品。这类文字看起来容易，作起也相当吃力，即如《谈抽
烟》，据朱先生在自序中说，才八百字却花了两个下午，所以这风
趣的形成也还是出于严肃认真。近年来所写的文字大都是非常沉重
的，不像前一期的文字那么轻松，然而其中也还是充满着风趣，譬
如《论雅俗共赏》一书中的《论书生的酸气》《论老实话》等，都
在严肃中见出一种令人啼笑皆非的，满含着同情、慈心与正义感的
风趣。一九四七年二月，他的《新诗杂话》出版了。这本书的编定
在一九四四年十月，书稿交出后便石沉大海，中间一度传说稿子已
经被书店失落了，朱先生常常提到这件事，现出非常伤心的神色，

以为这本书再也不会与世人相见了，不料事隔三年有余，书竟然出版了；他喜出望外，在目录后的空页上题道：

> 盼望了三年多，担心了三年多，今天总算见到了这本书！辛辛苦苦写出的这些随笔，总算没有丢向东海大洋！真是高兴！一天里翻了足有十来遍，改了一些错字。我不讳言我"爱不释手"。"邂逅相遇，适我愿兮！"说是"敝帚自珍"也罢，"舐犊情深"也罢，我认了。（一九四八年一月二十三日晚记）

在这段短短的题字里一连用了四个惊叹号，第一行上边盖了一个"邂逅斋"的闲印，最后一行下边盖了一个"佩弦藏书之钤"，大概太高兴，高兴得手忙脚乱，第二个图章竟然倒置了。

朱先生总在不断地进步中。他不但赶着时代向前走，他也推着时代向前走；他不但随同青年人向前走，他也领导青年人向前走。然而，无可如何，他的体力、他的健康却一天一天地向后退了，他终于退向病床，退向死亡。现在，朱先生，我们的领导人，我们的同伴，我们可敬爱的先生和朋友，却剩下了一把骨灰！这又岂止是个人的损失，岂止是少数人的损失，岂止是文艺界或学术界的损失而已呢！假如中国真正"胜利"过，假如中国没有内战也没有"戡乱"，假如中国已经民主，已经和平，假如朱先生生活得好，生活得如意，他何至于这样地死去。假如朱先生体力好，假如朱先生能够得到天寿，朱先生对于新文学、新文化、新社会的贡献将是无限的，这由他过去的成绩可以证明，由他近年的转变与进步更可以证明。朱先生在过去尽了他的力，在今天也尽了他的力，如果他活到将来，在新的社会中，将更有他的大用。然而，朱先生竟然这样地死去了！从我去年夏天来到清华大学之后，就看见朱先生的书案玻璃下压着两句诗，是朱先生自己的笔迹，下面写着"近人句"三个字，到八月十三日朱先生火葬之后，我从城外广济寺冒雨回到清华，陪朱先生的两个孩子回到朱先生的寓所，看见朱先生的草帽和手杖还挂在过道的墙上，我只疑心朱先生尚未离开他的书房，走进书房，我又看见朱先生书案上那两句题诗：

但得夕阳无限好，
何须惆怅近黄昏。

从这两句诗，也约略可以窥见朱先生近年来的心境。假如人生五十也可以算作夕阳西下的话，朱先生的夕阳晚景真可谓"无限好"，然而谁又想得到，黄昏倏尔而逝，突然降临的黑夜就把一切给淹没了！

第四章

我愿把时间给你，这是一切爱的原型

我很希望我们的前途是光明的——

我并不希冀人间的幸福，

我只求我奔赴未尽的途程时有一个同伴的人就够了。

如果连这一点希冀也得不到，

我就愿意这途程尽量的缩短，短到不能再短为止。

云鸥情书 / 庐隐

云：

今晚电话里你说曾寄信给我，当时我很急地跑回家，而信还没有送到，不知你什么时候寄的。电话又坏了，听不清楚，真使人不高兴。云，你知道我的心是怎样不安定呢。

云，我常常虔诚地祈祷，我不希冀人间的富贵虚荣，我只愿我俩中间永远不要有一些隔膜，即使薄于蝉翼的薄膜也不能使它存在，你能允许我吗？

我来到世界上所经的坎坷太多了，并且愈向前走，同路的人愈少，最后我是孤单的，所以我常拼命蹂躏自己。自从认识你以后，你是那样地同情我，慰藉我，使我绝处逢生，你想我将如何惊喜！我极想抓住你——最初我虽然不敢相信我能，但是现在我觉得我非抓住你不可，因为你，我可以增加生命的勇气与意义；因为你，我可以为世界所摒弃而不感到凄惶；因为你，我可以忍受人们的冷眼。在这个世界，只要有一个知己，便一切都可无畏，便永远不再感到孤单。云，你想我是怎样地需要你呢？

你今天回学校以后心情怎样？望你能安心写诗，能高兴生活。

我今天也写了一些稿子，不过天气太热，下午人不大好过，曾经发过痧，但不久就好了。你的身体怎样呢？云，我时常念着你呵！

再谈吧，祝你高兴！

冷鸥

亲爱的异云：

这两天我心情太复杂！是我有生以来所未尝有的复杂，而且又是非常纠纷不容易成为有条理的思想，因此更难以不能达意的言语表现出来了！——这也就是我不能当面对你述说的原因。

异云，让我清楚地具体地告诉你，我个人根本的思想。我是个富于感情的人，同时也是理智的人，而且更是一个孤僻倨傲成性的人，我需要感情的培植，我需要人的同情，而同时我是一脚跷着向最终的地点观望，一只脚是放在感情的漩涡里，因之，我的两只脚的方向不同，遂至既不能超脱又不能深溺，我是彷徨于歧路，——这就是我悲伤苦闷的根源。

我因为要向最终的地点观望，我就不敢对于眼前的幸福沉入；我常常是走两步退三步，所以我可以算是人间最可怜的人——是人间最没有享受到幸福的人——我真恨天为什么赋与我这种矛盾的天性！

说到我的脾气孤傲——我常常抱着宁为玉碎不甘瓦全的信念，但天下到处都是缺陷，就是这区区愿望也是不能得到，呵，异云，你看，我如何的可怜！

我从前——因为经过许多的挫折，我对于人间已经没有什么希望，除了设法消磨灵魂与肉体之外，我常常布下悲哀凄凉的景，我就站在这种布景之前发挥我悲剧的天才。我未尝希冀在秋天的花园中再获得一朵春天的玫瑰；我也不敢希望在我黯淡的生命中能从新发闪些光芒，我辛苦了半生，我没有找到一点我所要找的东西——以后的岁月更是渺茫，而且我又已经是疲惫的败将，我还哪里再来的勇气去寻找我前者所未发现的东西？

然而谁知道竟那么巧，你是轻轻悄悄走到我的面前，你好像落在地窖里的一颗亮星——你的光芒使我惊疑，我不相信这颗星单是可怜我处于幽暗而来照耀，我以为他不过是无意中来到这里玩玩，说不定什么时候他仍然要腾空而去的；但是不幸，我因为惯于现在的光耀而忘了从前的幽暗，而且我是不能再受从前的那种幽暗，因为我惶惶唯恐此星一日飞去。我因为怀惧太深，更没有余力来享受眼前的光亮，有时我故意躲到黑暗的角落里，我试试看我离开你以后我能否生存下去，然而几次试验的结果，我知道不行，绝对不行！如果你哪一天飞去，我情愿而死，纵不能死，我也情愿当瞎子，我不愿意看见别人在你照耀之下。呵！异云，你对于我是这样的重要，我自然愿意虔诚地祈祷——求你永远的不要离开我。

不过你是怎样需要我呢？我知道你是一个畸零人，人人都看了你的智慧而可敬，都看了你的温柔而爱慕，但是人人不清楚你起伏不定的心波。你是人们玉盘中养的美丽的金鱼，我相信玉盘虽美，但未必甘心被缚束于其中，然而谁又知道你的心呢？——我常常为了你这种的畸零而悲；我觉得我们有些同病，因此我可怜你就是可怜我自己，我爱你就是爱我自己，我希望我们俩能够互相安慰，互相维系。假如你由我这里得不到安慰，我也不能维系你。那么，我即使需要你，需要得发狂了，但是我为了你的幸福，我情愿你放弃我啊！亲爱的异云，只要你是满足了，我不敢顾到我自己。

我每次涉念到你离开我以后——我不敢也不忍生一丝一毫的怨恨，我只想着我自己凄苦的命运——这命运譬如是一个重担，我试着挑，也许我能挪动两步三步，我仍然尽力去挪，等到实在挪不动的时候，我只好让这重担压在我的身上，我僵卧在冰冷的黄土地下，就此收束了我一生。

我常想一个人为什么要活着？为谁活着？如果我是为了某人活着，那么，我纵受多少苦都是有意义的；如果我是为我自己活着，——为自己的吃饭睡觉而活着，那么，我不懂活来活去会活出什么意思来！

呵，异云，什么可以维系我？——除了人间确有需要我活着的人以外——如果我生也不见多，死也不觉少，那还不如死了——我个人的灵魂还可以少受些荼毒。

我很希望我们的前途是光明的——我并不希冀人间的幸福，我只求我奔赴未尽的途程时有一个同伴的人就够了。如果连这一点希冀也得不到，我就愿意这途程尽量地缩短，短到不能再短为止。

呵，异云！我们的结合是根基于彼此伤损的心灵之上，按理我们是不能分离的呢！你愿意使你伤损的心独自地呻吟吗？你不愿意我们彼此抚慰吗？不，绝不呵！异云，你清楚地答复我吧！

当然我也很明白我这种忽冷忽热的心情常常使你难堪——其实呢，我也不曾好受。你知道当你神情黯淡的时候，我是觉得心头阵阵发酸，我几次咽下那咸涩的泪水去，异云，你当时也觉察出来了。你问我是否心头梗着两念的矛盾呵！异云，我不骗你，矛盾也是在所难免，不过事情还不只如是简单。我是在想我现在虽愿捉住你，同时也愿被你捉住，不过我不知道这样的情形能维持我们几何年月？倘使有一天你变了方向，悄悄地走了，我又将奈何？至于我呢，只要你的心灵中能让我占据的时候，我总不走开。

至于以后的生活，我当然也梦想着美满；至于是否能达到目的，一半是看我们彼此的诚心，一半也要看命运，命运我们也许无法支配，但我们确能支配我们自己。亲爱的，你愿怎样支配你自己呢？

我对世界的态度你早就明白，我是向着世界的一切感叹，我是含着泪凝视宇宙万汇的，——这一半是我的根性如此，一半是由于我颠沛坎坷的命运所酿成的。为了你的热情，我愿意逃出此前的苦海，我愿意投在你火般的心怀里，不过有时仍不免流露悲声，那是我的贪心太大，我还没觉得十分满足，——换言之，就是我没有十分捉住你呵！异云，我们为免除这种摸索之苦，愿此后我们更坦白些，更实在些。

在这两年中我们努力地做事读书，以后我们希望能到美丽的意大利、瑞士去游历；即使不能如愿，也当同你到庐山或其他名胜的地方住些时候。那时我们不做讨厌的工作，专门发表我们心灵中的感觉，努力创作，同时有相当的机会，我们也不妨为衣食计，而分出一小部分的时间应付——我们这样互相慰藉着，过完我们的一生吧。我们原是一对同命运的鸟儿，希望我们谁也不拆散我们共同的命运。有快乐分享，比较独乐更快乐些；有痛苦分忧，要比较独苦可以减轻些；让我们是相助的盲跛吧——这话你不是早已说过吗？

异云，这一封信的确是很忠实的表白，希望以后我们谁也不掩饰什么，而且说了就算，千万不可再像从前那种若离若即的情形，使得彼此都不安定。我们已是流过血的生命了，为什么自己还要摧残自己呢？

话虽然还有许多，不过说也说不尽，就此搁笔吧。祝你

快乐

冷鸥

给石评梅的信 / 高君宇

评梅先生：

十五号的信接着了，送上的小册子也接着了吗？

来书嘱以后行踪随告。俾相研究，当如命；惟先生谦以"自弃"自居，视我能责以救济，恐我没有这大力量吧？我们常通信就是了！

"说不出的悲哀"，这恐是很普遍的重压在烦闷之青年口下一句话吧！我曾告你我是没有过烦闷的，也常拿这话来告一切朋友，然而实际何尝是这样？只是我想着：世界而使人有悲哀，这世界是要换过了；所以我就决心来担我应负改造世界的责任了。这诚然是很大而烦难的工作，然而不这样，悲哀是何时终了的呢？我决心走我的路了，所以对于过去的悲哀，只当着是他人的历史，没有什么迫切的感受了。有时忆起些烦闷的经过，随即努力将他们勉强忘去了。我很信换一个制度，青年们在现社会享受的悲哀是会免去的——虽然不能完全，所以我要我的意念和努力完全贯注在我要做的"改造"上去了。我不知你为何而起了悲哀，我们的交情还不至允许我来追问你这样，但我可断定你是现在世界桎梏下的呻吟呵！谁是要我们青年走他们烦闷之路的？——虚伪的社会吧！虚伪成了使我们悲哀的原因了，我们挨受的是他结下的苦果！我们忍着让着这样，唉声叹气了去一生吗？还是积极地起来，粉碎这些桎梏呢？都是悲哀者，因悲哀而失望，便走了消极不抗拒的路了；被悲哀而激起，来担当破灭悲哀原因的事业，就成了奋斗的人了。——千里程途，就分判在这一点！评梅，你还是受制于命运之神吗？还是诉诸你自己的"力"呢？

愿你自信：你是很有力的，一切的不满意将由你自己的力量破碎了！过渡的我们，很容易彷徨了，像失业者踯躅在道旁的无所归依了。但我们只是往前抢着走吧！我们抢上前去迎未来的文化吧！

好了，祝你抢前去迎未来的文化吧！

君宇，静庐

一六，四，一九二一

评梅：

由仲一信中函来之书，我接读数日了。当时你正是忙的时候，我频频以书信搅扰，且提出一些极不相干的问题要你回答，想来应当是歉疚至于无地的。

你所以至今不答我问，理由是在"忙"以外的，我自信很可这样断定。我们可不避讳地说，我是很了解我自己，也相当地了解你，我们中间是有一种愿望（旁白：什么话？你或者是这样——）。它的开始，是很平庸而不惹注意的，是起自很小的一个关纽，但它像怪魔一般徘徊着已有三年了。这或者已是离开你记忆之领域的一事，就是同乡会后吧，你给我的一信，那信具有的仅不过是通常问，但我感觉到的却是从来不曾发现的安怡，自是之后，我极不由己的便发生了一种要了解你的心，然而我却是常常提悬着，我是父亲系于铁锁下的，我是被诅咒为"女性之诱惑"的，要了解你或者就是一大不忠实。三年直到最近，我终于是这样提悬着！故于你几次悲观的信，只好压下了同情的安慰，徒索然无味的为理智的劝解；这种镇压在我心上是极勉强的，但我总觉得不如此便是个罪恶。我所以仅通信而不来看你，也是畏惧这种愿望之显露。然而竟有极不检点的一次，这次竟将真心之幕的一角揭起了！在我们平凡的交情，那次信表现的仅可解释为一时心的罗曼，我亦随即言明已经消失，谁知那是久已在一个灵魂中孕育的产儿呢？我何以有这样弥久的愿望，像我们这样互知的浅显，连我自己亦百思不得其解。若说为了曾得到过安慰，则那又是何等自私自利的动念？

　　理智是替我解释不了这样的缘故，但要了解的需求却相反的行事，像要剥夺了我一切自由般强横地压迫我。在这种烦闷而又躲闪的心情之下，我有时自不免神志纷纭。写给你的信有些古怪的地方；这又是不免使你厌烦或畏惧的。你所以不答那些，能不是为了这样吗？

　　但是，朋友！请你放心勿为了这些存心！不享受的贡品，是世人不献之于神的；了解更是双方的，是一件了解则绝对，否则便整个无的事。相信我，我是可移一切心与力的专注于我所期盼之事业的，假使世界断定现下的心是无可回应的。

　　我所以如是赤裸地大胆地写此信，同时也在为了一种被现在观念鄙视的辩护，愿你不生一些惊讶，不当它是故示一种希求，只当它是历史的一个真心之自承。不论它含蓄的是何种性质，我们要求宇宙承认它之存在与公表是应当的，是不当讪笑的，虽然它同时对于一个特别的心甚至于可鄙弃的程度。

　　祝你好吧，评梅！

君宇

（1923 年）十月十五日

　　勿烦琐地讲这些了，谈一件正事吧。想他们已通知你，《平民》已定廿号复活了。第一期请你做稿，你可有工夫吗？

又及

评梅 [①]：

　　你中秋前一日的信，我于上船前一日接到。此信你说可以做我唯一知己的朋友。前于此的一信又说我们可以做以事业度过这一生的同志。你只会答复人家不需要的答复，你只会与人家订不需要的约束。

　　你明白地告诉我之后，我并不感到这消息的突兀，我只觉心中万分凄怆！我一边难过的是：世上只有吮血的人们是反对我们的，何以我唯一敬爱的人也不能同情于我们？我一边又替我自己难过，我已将一个心整个交给伊，何以事业上又不能使伊顺意？我是有两

[①] 此信写于 1924 年 9 月 22 日，原信缺首尾。

个世界的：一个世界一切都是属于你的，我是连灵魂都永禁的俘虏；在另一个世界里，我是不属于你，更不属于我自己，我只是历史使命的走卒。假使我要为自己打算，我可以去做禄蠹了，你不是也不希望我这样做吗？你不满意于我的事业，但却万分恳切地劝勉我努力此种事业；让我再不忆起你让步于吮血世界的结论，只悠久地钦佩你牺牲自己而鼓舞别人的义侠精神！

我何尝不知道：我是南北飘零，生活日在风波之中，我何忍使你同入此不安之状态。所以我决定：你的所愿，我将赴汤蹈火以求之；你的所不愿，我将赴汤蹈火以阻之。不能这样，我怎能说是爱你！从此我决心为我的事业奋斗，就这样飘零孤独度此一生，人生数十寒暑，死期忽忽即至，奚必坚执情感以为是。你不要以为对不起我，更不要为我伤心。

这些你都不要奇怪，我们是希望海上没有浪的，它应当平静如镜；可是我们又怎能使海上无浪？从此我已是傀儡生命了，为了你死，亦可以为了你生，你不能为了这样可傲慢一切的情形而愉快吗？我希望你从此愉快，但凡你能愉快，这世上是没有什么可使我悲哀了！

写到这里，我望望海水，海水是那样平静。好吧，我们互相遵守这些，去建筑一个富丽辉煌的生命，不管他生也好，死也好。

同行者 / 许广平

一个意外的机会，使得他俩不知不觉地亲近起来。这其中，自然早已相互了解，而且彼此间都有一种久被社会里人间世的冷漠，压迫，驱策；使得他俩不知不觉地由同情的互相怜悯而亲近起来。

在社会上严厉的戴着道德的眼镜、专唱高调的人们，在爱之国里是不配领略的人们，或者嫉恨于某一桩事、某一方面的，对相爱的他俩，也许给予一番猛烈的袭击。然而，沐浴游泳于爱之波的他俩，不知道什么是利害、是非、善恶，只一心一意地向着爱的方面奔驰。从浅的比方一句罢，有似灯蛾赴火，就是归宿到"死"字上。这死，是甜蜜的，值得歌颂的，此外还有什么问题呢？！

但是，神圣的情死，是双方同时走到最末的一步，以这死，解决人世间的束缚，冀图于无可了之中了之的一桩万不得已的办法，日本有岛武郎就是这里头的一个实行的信徒。然而，假使有一方是龟，兼程的跑到尽头，而另一方是兔，还在那里高睡未醒，待觉悟时，事情已经晚了，所遗留的悲哀，在爱的方面所感到的损失是如何的巨大。所以，这一点上，他俩虽则不至于遇到渡海去向之神山求不死的仙药，可是，肉体上的卫生，人力所能创造到的珍摄，当然为双方很注重的互相鉴视督劝着。

她，说是由遗传得来的刘伶癖，无宁说是由愤世嫉俗的一种反抗的驱迫，使她不时地沉湎于杯中物。更加着，某一桩事的失败，舞台上各种面孔装扮得那么可怕，她不愿意再看了，凭着平素的勇气，自杀，倒算干净。但是，于己何益，于人何补呢？废物是可以利用的，拿要死的躯壳，转过来利用它，仍旧走到人海里服务，许有可能性罢，这是她没有自杀，而情感的余烬，使她不时纵情于杯酒的一个目前活着的办法。

她遍历了各种环绕她的毒蛇般的经历，上面不是说过吗？她实在不愿意再看了，然而废物利用一句话把她留住，那么，她的存在，是为人。于己，可以说毫不感着兴味，就是为了他的爱而她不得不勉强听从他的规劝，对于肉体上注意，拒绝了杯中物，但是，他不也是人么？为了他，为了他的恳挚的流泪的规劝，当着他面前，她没有勇气，没有胆量再伸手到酒杯里了，但是呀！一转眼间，森严的舞台上各种面孔复活了，她要避免这可怕的面孔，她虽则不能永远，但是要一时的麻醉了自己，偷偷地又伸手到酒杯里了。

他忽的从外来，晕红的双颊，酡醉的姿态，薰人的酒香，为一种逃不掉的真证，她有什么话好说呢！惭愧与内疚，羞涩与凄怆，她不能不答应他的要求，禁绝了喝酒，她又不能压制自己的心情，偷偷地不喝酒，在这里，相对无言，终于他说了一句："不诚实是很叫人难过的，你知道吗？"她立刻回答说："我知道。"这样，理论只管如此说，事实只管那样造，在又一次他发觉她偷自喝酒的时候，他难过，他觉得她的这样的不自看重自己的身体，不守着医生的嘱咐——因为医生说过，她如果再喝酒，那么药亦无效了——于他，实在是一个很大的悲哀，虽则为了爱，他不忍给予她难过，竭力地禁压住自己的感情，勉为欢笑地相对谈话，终于不久托故去了。他回去了之后，推开门，倒躺在床上痛哭了一大场，想不出好的方法。

在百无聊赖中，如闪电的灵明一现的耳边有人启示他：你是爱她，为了喝一点点酒的原故，为了她身体的健康原故，你不愿意她喝酒，的确，这是应当那么做的，可是，你知道为了喝一点点酒的原故，揭破了感情的世界的平安么？你俩不是由同情的互相怜悯而亲近起来的么？你俩一心一意的向着爱的方面奔驰，就是归宿到"死"字上，如其适得到双方同时走到最末的一步，换一句话说，如其她兼程地跑到尽头，你也兼程地赶上前去，此外还有什么问题呢？难道这样你还对于她的喝酒有遗憾吗？

而况，你的不愿意她喝酒，虽则因着医生的嘱咐，为了她自身的健康和你俩前途的安宁，因而禁阻她么？你也曾知得，她如其没有了酒以苏息她的困倦，麻疲她厌世嫉俗的不时发生的情感，那么，注意呀！更巨大的不幸的压迫，将要临到她狭小的胸襟，不能容受，那其间，舍弃一切，毫不留恋地去了，这于你的初衷相合么？你应不应该为了你的爱而对于她有自私自利之心？压抑了她自己的意志，应不应该拿你的一个世界，硬装进去她的世界里，使她，另具一个心的世界的她改为你的世界的你？这是如闪电的灵明一现的耳边启示他的人那样恳切地说。

他于是自己反复地自责，是不是真个为了自私自利之心，而将

他的世界硬迫着她居住？否！否！他诚实地相信，她的热烈的爱，
伟大的工作，要向人类给与以光、力、血，使未来的世界璀璨而辉
煌，唯其如此，所以他对于她不时的喝酒，危及她伟大的工作的原
故，不惜尽力的劝阻，她唯其亦因负有热烈的爱和伟大的工作的责
任，不能立刻离开人间世，而舞台上的各种面孔，常常打击她工作
的前进，终于不能禁绝自己的喝酒。所以

　　为了爱——他——答认了禁酒，

　　为了爱——世人——不免于有时喝酒，

　　终于为了爱——矛盾而冲突的爱，

　　她的生命仍在可有可无中前进，

　　而他永远是一个急进的不悔者，去吧！去吧！兼程地赶上
前去。

雪天 / 萧红

　　我直直是睡了一个整天，这使我不能再睡。小屋子渐渐从灰色变做黑色。

　　睡得背很痛，肩也很痛，并且也饿了。我下床开了灯，在床沿坐了坐，到椅子上坐了坐，扒一扒头发，揉擦两下眼睛，心中感到幽长和无底，好像把我放下一个煤洞去，并且没有灯笼，使我一个人走沉下去。屋子虽然小，在我觉得和一个荒凉的广场样，屋子墙壁离我比天还远，那是说一切不和我发生关系，那是说我的肚子太空了！

　　一切街车街声在小窗外闹着。可是三层楼的过道非常寂静。每走过一个人，我留意他的脚步声，那是非常响亮的，硬底皮鞋踏过去，女人的高跟鞋更响亮而且焦急，有时成群的响声，男男女女穿插着过了一阵。我听遍了过道上一切引诱我的声音，可是不用开门看，我知道郎华还没回来。

　　小窗那样高，囚犯住的屋子一般，我仰起头来，看见那一些纷飞的雪花从天空忙乱地跌落，有的也打在玻璃窗片上，即刻就消融了，变成水珠滚动爬行着，玻璃窗被它画成没有意义、无组织的条纹。

我想：雪花为什么要翩飞呢？多么没有意义！忽然我又想：我不也是和雪花一般没有意义吗？坐在椅子里，两手空着，什么也不做；口张着，可是什么也不吃。我十分和一架完全停止了的机器相像。

过道一响，我的心就非常跳，那该不是郎华的脚步？一种穿软底鞋的声音，嚓嚓来近门口，我仿佛是跳起来，我心害怕着：他冻得可怜了吧？他没有带回面包来吧？

开门看时，茶房站在那里：

"包夜饭吗？"

"多少钱？"

"每份六角。包月十五元。"

"……"我一点都不迟疑地摇着头，怕是他把饭送进来强迫我吃似的，怕他强迫向我要钱似的。茶房走出，门又严肃地关起来。一切别的房中的笑声、饭菜的香气都断绝了，就这样用一道门，我与人间隔离着。

一直到郎华回来，他的胶皮底鞋擦在门槛，我才止住幻想。茶房手上的托盘，盛着肉饼、炸黄的番薯、切成大片有弹力的面包……

郎华的夹衣上那样湿了，已湿的裤管拖着泥。鞋底通了孔，使得袜子也湿了。

他上床暖一暖，脚伸在被子外面，我给他用一张破布擦着脚上冰凉的黑圈。

当他问我时，他和呆人一般，直直的腰也不弯：

"饿了吧？"

我几乎是哭了。我说："不饿。"为了低头，我的脸几乎接触到他冰凉的脚掌。

他的衣服完全湿透，所以我到马路旁去买馒头。就在光身的木桌上，刷牙缸冒着气，刷牙缸伴着我们把馒头吃完。馒头既然吃完，桌上的铜板也要被吃掉似的。他问我：

"够不够？"

我说："够了。"我问他："够不够？"

他也说："够了。"

隔壁的手风琴唱起来，它唱的是生活的痛苦吗？手风琴凄凄凉凉地唱呀！

登上桌子，把小窗打开。这小窗是通过人间的孔道：楼顶，烟囱，飞着雪沉重而浓黑的天空，路灯，警察，街车，小贩，乞丐，一切显现在这小孔道，繁繁忙忙的市街发着响。

隔壁的手风琴在我们耳里不存在了。

窗帘 / 陆蠡

回家数天了，妻已不再作无谓的腼腆。在豆似的灯光下，我们是相熟了。

金漆的床前垂着褪黄的绸帐。这帐曾证明我们结婚是有年了。灯是在帐里的，在外面看来，我们是两个黑黑的影。

"拉上窗帘吧。"妻说。

"怕谁，今晚又不是洞房。"

"但是我们还是初相识。"

"让我们行合卺的交拜礼吧。"

"燃上红烛呢？"

"换上新装呢？"

我们都笑了。真的，当我燃起红烛来说，"今后我们便永远地相爱吧"，心里便震颤起来。

丝般的头发在腮边擦过感到绒样的温柔。各人在避开各人的眼光，怕烛火映得双颊更红吧。

"弟弟，我真的欢喜。"

"让我倚在你的胸前吧。"

"顽皮呢，孩子。"

"今后，我不去了。"

"去吧，做事，在年轻的时候。"

"刚相熟便分手了。"

"去了也落得安静。"

我在辨味这高洁的欢愉。红烛结了灯花。帐里是一片和平，谧穆。

窗帘并未拉上。

父与羊 / 李广田

父亲是一个很和善的人。爱诗，爱花，他更爱酒。住在一个小小的花园中——所谓花园却也长了不少的青菜和野草。他娱乐他自己，在寂寞里，在幽静里，在独往独来里。

一个夏日的午后，父亲又喝醉了。他醉了时，我们都不敢近前，因为他这时是颇不和善的。他歪歪斜斜地走出了花园，一手拿着一本旧书，我认得那是陶渊明诗集，另一只手里却拖了长烟斗。嘴里不知说些什么，走向旷野去了。这时恰被我瞧见，我就躲开，跑到家里去告诉母亲。母亲很担心地低声说："去，绕道去找他，躲在一边看，看他干什么？"我幽手幽脚地也走向旷野去。出得门来便是一片青丛。我就在青丛里潜行，这使我想起藏在高粱地里偷桃或偷瓜的故事。我知道父亲是要到什么地方去的，因为他从前常到那儿，那是离村子不远的一棵大树之下。树是柳树，密密地搭着青凉篷，父亲大概是要到那儿去乘凉的。我已经看见那树了。我已走近那树下了，却不见父亲的影，这使我非常焦心。因为在青丛里热得闷人，太阳是很毒的，又不透一丝风。我等着，等着，终于看见他来了，嘴里像说着什么，于是我后退几步。若被他看见了，那才没趣。

我觉得有这样一个父亲倒很可乐的，虽然他醉了时也有几分可怕，他先是把鞋脱下，脚是赤着的，就毫无顾忌地坐在树下。那树下的沙是白的，细得像面粉一样，而且一定是凉凉的，我想，坐在那里该很快乐，如果躺下来睡一会，该更舒服。

自然，那长烟斗是早已点着了，喷云吐雾的，他倒颇有些悠然的兴致。书在手里，乱翻了一阵，又放下。终于又拿起来念了，声音是听不清的，而唔唔地念着却是事实。等会，又把书放下；长烟斗已不冒烟了，就用它在细沙上画、画、画，画了多时，人家说我父亲也能作诗，我想，这也许就是在沙上写他的诗了。但不幸得很，写了半天的，一阵不高兴，就用两只大脚板儿把它抹净，要不然的话，我可以等他去后来发现一些奇迹，我已经热得满头是汗了，恨不得快到井上灌一肚子凉水。正焦急呢，父亲带着不耐烦的神气起来了，什么东西也不曾丢下，而且还粘走了一身沙土。我潜随在后边，方向是回向花园去。

父亲跟跟跄跄地走进花园，我紧走几步要跑回家去，自然是要向母亲面前去复命。刚进大门，正喊了一声"娘"，糟了，花园里出了乱子，父亲在那里吵闹呢。"好畜牲，好大胆的羔子！该死的，该宰的！"父亲这样怒喊，同时又听到扑击声，又间杂着小羊的哀叫声。我马上又跑了出去，母亲也跑出来了，家里人都跟了出来，一齐跑向花园去。邻居们也都来了，都带着仓皇的面色。我们这村子总共不过十几户人家，这时候所有的人，差不多都聚拢来了。我很担心，唯恐他们疑惑是我们家里闹事，更怕他们疑惑是父亲打了母亲，因为父亲醉了时曾经这样闹过。门口颇形拥挤了，大家都目瞪口呆，有些人在说在笑。父亲已躲到屋里去休息，他一定是十分疲乏了。花园里弄得天翻地覆，篱笆倒了，芸豆花洒了满地，荷花撕得粉碎，几条红鱼在淤泥里摆尾，真个落红遍地，青翠缤纷，花呀，菜呀，都踏成一片绿锦。陶渊明诗集，长的烟斗，都睡在道旁。在墙角落里，躺着一只被打死了的小羊，旁边放着一条木棒，那是篱笆上的柱子。大家都不敢到父亲屋里去，有的说，"羊羔儿踢了花呀。"有的说，"醉了。"又有人说，"他老先生又发疯啦。"其中有一个衣服褴褛的邻人，他大概刚才跑来吧，气喘喘地，走到死羊近前，看了一下，说："天哪！这不是俺那只可怜的小羊吗！"原来父亲出去时，不曾把园门闭起；不料那只小羊游荡进来，以至于丧了生命。我觉得恐怖而悲哀。

明晨，父亲已完全清醒了，对于昨天的事，他十分抱愧。他很想再看看那只被打死的小羊，但那可怜的邻人已于昨夜把它埋葬了。父亲吸着他的长烟斗，沉重地长叹一口气，"我要赔偿那位邻人的损失。"虽然那位邻人不肯接受我们的赔偿，但父亲终于实践了前言。然后，他又亲手整理他的花园——这工作他不喜人帮助——就好像不曾发生过什么事一样的坦然。多少平和的日子或霖雨的日子过了，父亲的花园又灿烂如初。

直到现在，父亲依然住在那花园里，而且依然过着那样的生活：快乐、闲静，有如一个隐士。但人是有点衰老了，有些事，便不能不需要别人的扶助。

鉴赏家 / 汪曾祺

全县第一个大画家是季匋民，第一个鉴赏家是叶三。

叶三是个卖果子的。他这个卖果子的和别的卖果子的不一样。不是开铺子的，不是摆摊的，也不是挑着担子走街串巷的。他专给大宅门送果子。也就是给二三十家送。这些人家他走得很熟，看门的和狗都认识他。到了一定的日子，他就来了。里面听到他敲门的声音，就知道：是叶三。挎着一个金丝篾篮，篮子上插一把小秤，他走进堂屋，扬声称呼主人。主人有时走出来跟他见见面，有时就隔着房门说话。"给您称——？""五斤。"什么果子，是看也不用看的，因为到了什么节令送什么果子都是一定的。叶三卖果子从不说价。买果子的人家也总不会亏待他。有的人家当时就给钱，大多数是到节下（端午、中秋、新年）再说。叶三把果子称好，放在八仙桌上，道一声"得罪"，就走了。他的果子不用挑，个个都是好的。他的果子的好处，第一是得四时之先。市上还没有见这种果子，他的篮子里已经有了。第二是都很大，都均匀，很香，很甜，很好看。他的果子全都从他手里过过，有疤的、有虫眼的、挤筐、破皮、变色、过小的全都剔下来，贱价卖给别的果贩。他的果子都

是原装；有些是直接到产地采办来的，都是"树熟"，——不是在
米糠里闷熟了的。他经常出外，出去买果子比他卖果子的时间要多
得多。他也很喜欢到处跑。四乡八镇，哪个园子里，什么人家，有
一棵什么出名的好果树，他都知道，而且和园主打了多年交道，
熟得像是亲家一样了。——别的卖果子的下不了这样的功夫，也不
知道这些路道。到处走，能看很多好景致，知道各地乡风，可资谈
助，对身体也好。他很少得病，就是因为路走得多。

立春前后，卖青萝卜。"棒打萝卜"，摔在地下就裂开了。杏
子、桃子下来时卖鸡蛋大的香白杏，白得像一团雪，只嘴儿以下有
一根红线的"一线红"蜜桃。再下来是樱桃，红的像珊瑚，白的像
玛瑙。端午前后，枇杷。夏天卖瓜。七八月卖河鲜：鲜菱、鸡头、
莲蓬、花下藕。卖马牙枣，卖葡萄。重阳近了，卖梨：河间府的鸭
梨、莱阳的半斤酥，还有一种叫作"黄金坠子"的香气扑人个儿不
大的甜梨。菊花开过了，卖金橘，卖蒂部起脐子的福州蜜橘。入冬
以后，卖栗子、卖山药（粗如小儿臂）、卖百合（大如拳）、卖碧
绿生鲜的檀香橄榄。

他还卖佛手、香橼。人家买去，配架装盘，书斋清供，闻香
观赏。

不少深居简出的人，是看到叶三送来的果子，才想起现在是什
么节令了的。

叶三卖了三十多年果子，他的两个儿子都成人了。他们都是
学布店的，都出了师了。老二是三柜，老大已经升为二柜了。谁都
认为老大将来是会升为头柜，并且会当管事的。他天生是一块好材

料。他是店里头一把算盘，年终结总时总得由他坐在账房里哗哗剥剥打好几天。接待厂家的客人，研究进货（进货是个大学问，是一年的大计，下年多进哪路货，少进哪路货，哪些必须常备，哪些可以试销，关系全年的盈亏），都少不了他。老二也很能干。量布、撕布（撕布不用剪子开口，两手的两个指头夹着，借一点巧劲，嗤——的一声，布就撕到头了），干净利落。店伙的动作快慢，也是一个布店的招牌。顾客总愿意从手脚麻利的店伙手里买布。这是天分，也靠练习。有人就一辈子都是迟钝笨拙，改不过来。不管干哪一行，都是人比人，这是没有办法的事。弟兄俩都长得很神气，眉清目秀，不高不矮。布店的店伙穿得都很好。什么料子时新，他们就穿什么料子。他们的衣料当然是价廉物美的。他们买衣料是按进货价算的，不加利润；若是零头，还有折扣。这是布店的规矩，也是老板乐为之的，因为店伙穿得时髦，也是给店里装门面的事。有的顾客来买布，常常指着店伙的长衫或翻在外面的短衫的袖子："照你这样的，给我来一件。"

弟兄俩都已经成了家，老大已经有一个孩子，——叶三抱孙子了。

这年是叶三五十岁整生日，一家子商量怎么给老爷子做寿。老大老二都提出爹不要走宅门卖果子了，他们养得起他。

叶三有点生气了：

"嫌我给你们丢人？两位大布店的'先生'，有一个卖果子的老爹，不好看？"

儿子连忙解释：

"不是的。你老人家岁数大了，老在外面跑，风里雨里，水路旱路，做儿子的心里不安。"

"我跑惯了。我给这些人家送惯了果子。就为了季四太爷一个人，我也得卖果子。"

季四太爷即季匋民。他大排行是老四，城里人都称之为四太爷。

"你们也不用给我做什么寿。你们要是有孝心，把四太爷送我的画拿出去裱了，再给我打一口寿材。"这里有这样一种风俗，早早就把寿材准备下了，为的讨个吉利：添福添寿。于是就都依了他。

叶三还是卖果子。

他真是为了季匋民一个人卖果子的。他给别人家送果子是为了挣钱，他给季匋民送果子是为了爱他的画。

季匋民有一个脾气，一边画画，一边喝酒。喝酒不就菜，就水果。画两笔，凑着壶嘴喝一大口酒，左手拈一片水果，右手执笔接着画。画一张画要喝二斤花雕，吃斤半水果。

叶三搜罗到最好的水果，总是首先给季匋民送去。

季匋民每天一起来就走进他的小书房——画室。叶三不须通报，由一个小六角门进去，走过一条碎石铺成的冰花曲径，隔窗看见季匋民，就提着、捧着他的鲜果走进去。

"四太爷，枇杷，白沙的！"

"四太爷，东墩的西瓜，三白！——这种三白瓜有点梨花香味，别处没有！"

他给季匋民送果子，一来就是半天。他给季匋民磨墨、漂朱髁、研石青石绿、抻纸。季匋民画的时候，他站在旁边很入神地看，专心致意，连大气都不出。有时看到精彩处，就情不自禁地深深吸一口气，甚至小声地惊呼起来。凡是叶三吸气、惊呼的地方，也正是季匋民的得意之笔。季匋民从不当众作画，他画画有时是把书房门锁起来的。对叶三可例外，他很愿意有这样一个人在旁边看着，他认为叶三真懂，叶三的赞赏是出于肺腑，不是假充内行，也不是谀媚。

季匋民最讨厌听人谈画。他很少到亲戚家应酬。实在不得不去的，他也是到一到，喝半盏茶就道别。因为席间必有一些假名士高谈阔论，因为季匋民是大画家，这些名士就特别爱在他面前评书论画，借以卖弄自己高雅博学。这种议论全都是道听途说，似通不通。季匋民听了，实在难受。他还知道，他如果随声答音，应付几句，某一名士就会在别的应酬场所重贩他的高论，且说："兄弟此言，季匋民亦深为首肯。"

但是他对叶三另眼相看。

季匋民最佩服李复堂。他认为扬州八怪里复堂功力最深，大幅小品都好，有笔有墨，也奔放，也严谨，也浑厚，也秀润，而且不装模作样，没有江湖气。有一天叶三给他送来四开李复堂的册页，使季匋民大吃一惊：这四开册页是真的！季匋民问他是多少钱买的，叶三说没花钱。他到三垛贩果子，看见一家的柜橱的玻璃里镶了四幅画，——他在四太爷这里看过不少李复堂的画，能辨认，他用四张"苏州片"跟那家换了。"苏州片"花花绿绿的，又是簇新的，那家还很高兴。

叶三只是从心里喜欢画，他从不瞎评论。季匋民画完了画，钉在壁上，自己负手远看，有时会问叶三：

"好不好？"

"好！"

"好在哪里？"

叶三大都能一句话说出好在何处。

季匋民画了一幅紫藤，问叶三。

叶三说："紫藤里有风。"

"唔！你怎么知道？"

"花是乱的。"

"对极了！"

季匋民提笔题了两句词：

深院悄无人，风拂紫藤花乱。

季匋民画了一张小品，老鼠上灯台。叶三说："这是一只小老鼠。"

"何以见得？"

"老鼠把尾巴卷在灯台柱上。它很顽皮。"

"对！"

季匋民最爱画荷花。他画的都是墨荷。他佩服李复堂，但是画风和复堂不似。李画多凝重，季匋民飘逸。李画多用中锋，季匋民微用侧笔，——他写字写的是章草。李复堂有时水墨淋漓，粗头乱服，意在笔先；季匋民没有那样的恣悍，他的画是大写意，但总是笔意俱到，收拾得很干净，而且笔致疏朗，善于利用空白。他的墨荷参用了张大千，但更为舒展。他画的荷叶不勾筋，荷梗不点刺，且喜作长幅，荷梗甚长，一笔到底。

有一天，叶三送了一大把莲蓬来，季匋民一高兴，画了一幅墨荷，好些莲蓬。画完了，问叶三："如何？"

叶三说："四太爷，你这画不对。"

"不对？"

"'红花莲子白花藕'。你画的是白荷花，莲蓬却这样大，莲子饱，墨色也深，这是红荷花的莲子。"

"是吗？我头一回听见！"

季匋民于是展开一张八尺生宣，画了一张红莲花，题了一首诗：

红花莲子白花藕，
果贩叶三是我师。
惭愧画家少见识，
为君破例着胭脂。

季匋民送了叶三很多画。——有时季匋民画了一张画，不满意，团掉。叶三捡起来，过些日子送给季匋民看看，季匋民觉得也还不错，就略改改，加了题，又送给了叶三。季匋民送给叶三的画都是题了上款的。叶三也有个学名。他五行缺水，起名润生。季匋民给他起了个字，叫泽之。送给叶三的画上，常题"泽之三兄雅正"。有时径题"画与叶三"。季匋民还向他解释：以排行称呼，是古人风气，不是看不起他。

有时季匋民给叶三画了画，说："这张不题上款吧，你可以拿去卖钱，——有上款不好卖。"

叶三说："题不题上款都行。不过您的画我不卖。"

"不卖？"

"一张也不卖？"

他把季匋民送他的画都放在他的棺材里。

十多年过去了。

季匋民死了。叶三已经不卖果子，但是他四季八节，还四处寻觅鲜果，到季匋民坟上供一供。

季匋民死后，他的画价大增。日本有人专门收藏他的画。大家知道叶三手里有很多季匋民的画，都是精品。很多人想买叶三的藏画。叶三说：

"不卖。"

有一天有一个外地人来拜望叶三，叶三看了他的名片，这人的姓很奇怪，姓"辻"，叫"辻听涛"。一问，是日本人。辻听涛说他是专程来看他收藏的季匋民的画的。

因为是远道来的，叶三只得把画拿出来。辻听涛非常虔诚，要了清水洗了手，焚了一炷香，还先对画轴拜了三拜，然后才展开。他一边看，一边不停地赞叹：

"喔！喔！真好！真是神品！"

辻听涛要买这些画，要多少钱都行。

叶三说：

"不卖。"

辻听涛只好怅然而去。

叶三死了。他的儿子遵照父亲的遗嘱，把季匋民的画和父亲一起装在棺材里，埋了。

友情 / 靳以

走尽了一段长的艰险的山路，我来到贵阳。我好像一下子被投入寒冷的地带里，我不曾经过秋天，从炎暑一步就跨入了初冬的薄寒。

在街上，自顾着过时的夏日衣裳，行人用惊奇的眼睛来望我，自己也感到异常的不适。心中却不断地想着，"照这样冷下去，我是向北走的，那可该怎么办？……"

可是温暖的友情驱开了不宜的寒冷，我走了许多不平的街巷，终于跨进一家院落。正自踌躇着："也许记错了吧。"友人萧已经从房里跑出来了。他还是那样，我们亲热地握着手，萧夫人也立在阶上朝我招呼。随着我就被让进和他们从前住在北平相仿佛的书斋，只是那时尚抱在怀中的小女孩，如今已经活泼泼地在地上跳着了。

我们已经将近三年不相见，像有些话要说又不知说些什么才好。这不是平和的聚首，也不是欢乐的晤谈，想不到的相遇，想不到相遇的地方。说些流离的苦辛吧，说些刻在心胸间的灾难和愤恨吧，谁的还不都是一样么？想着自己的，就不难臆测他人的了。

第二天的清晨，寒冷像是更重了，正自好奇地望着呵出去的白气，萧和齐同时走来看我。在这个陌生的地方，我只想到这两个友人，而今我们都遇到了，宛然像两三年前在三座门那寂寞的屋子里，听过了门环的震响，他们已经跨进了我的房子一样。可是我们现在是在这个寒冷的城中相遇了，想念远隔的土地，依恋旧时的一草一木，只能凭着幻想和梦境来使自己满足了。

忍住心中的愤懑，强自把疲困按下去，说着过去的遭遇，不期然地就说："什么时候我们还都回去，早晚总该有那么一天。"

我们絮絮地谈着，有时说到极琐碎的个人的事，我们却都极高兴。我的心也被鼓舞起来了，感到友情的温暖。我记起来，在那温暖的地带，我的心是在寒冷的境界中，没有一个相识，没有一张熟稔的脸；而今我来到这个寒冷的城，温暖的友情使我的心也热了起来。

齐笑着说到他的长发，他说那次他到上海我们都劝他剪短，他一直也没有剪。可是我心中想着那正好和往昔相同的事物，更觉得可宝贵。他有一张大脸，和善的大脸，披着及颈的长发，连他自己也觉得他很像罗丹的巴尔扎克雕像。

我们放纵地说着，在生人面前我是羞于开口的，可是在熟人中我的话说得并不少。可是终于我要走了，还有一段路等在前面，在贵阳我只能做短时间的驻足，我还得上前去。

那又是一个寒冷的清晨，我离开贵阳，回顾那寒冷使我战栗；但那温煦的友情却牵住了我的心。

怀了沉重的心，我爬过一座座更高大的山岭，花秋坪、钓丝崖，……

黄花梦旧庐 / 张恨水

晚上做了一个梦，梦见七八个朋友，围了一个圆桌面，吃菊花锅子。正吃得起劲，不知为一种什么声音所惊醒。睁开眼来，桌上青油灯的光焰，像一颗黄豆，屋子里只有些模糊的影子。窗外的茅草屋檐，正被西北风吹得沙沙有声。竹片夹壁下，泥土也有点窸窣作响，似乎耗子在活动。这个山谷里，什么更大一点的声音都没有，宇宙像死过去了。几秒钟的工夫，我在两个世界。我在枕上回忆梦境，越想越有味。我很想再把那顿没有吃完的菊花锅子给它吃完。然而不能，清醒白醒的，睁了两眼，望着木窗子上格纸柜上变了鱼肚色。为什么这样可玩味，我得先介绍菊花锅子。这也就是南方所说的什锦火锅。不过在北平，却在许多食料之外，装两大盘菊花瓣子送到桌上来。这菊花一定要是白的，一定要是蟹爪瓣。在红火炉边，端上这么两碟东西，那情调是很好的。要说味，菊花是不会有什么味的，吃的人就是取它这点情调。自然，多少也有点香气。

那么不过如此了，我又何以对梦境那样留恋呢？这就由菊花锅想菊化，由菊花想到我的北平旧庐。我在北平，东西南北城都住过，而我择居，却有两个必须的条件：第一，必须是有树木的大院子，还附着几个小院子；第二，必须有自来水。后者，为了是我爱喝好茶；前者，就为了我喜欢栽花。我虽一年四季都玩花，而秋季里玩菊花，却是我一年趣味的中心。除了自己培秧，自己接种。而到了菊花季，我还大批的收进现货。这也不但是我，大概在北平有一碗粗茶淡饭吃的人，都不免在菊花季买两盆"足朵儿的"小盆，在屋子里陈设着。便是小住家儿的老妈妈，在大门口和街坊聊天，看到胡同里的卖花儿的担子来了，也花这么十来枚大铜子儿，买两丛贱品，回去用瓦盆子栽在屋檐下。

北平有一群人，专门养菊花，像集邮票似的，有国际性，除了国内南北养菊花互通声气而外，还可以和日本养菊家互调种子，以菊花照片做样品函商。我虽未达到这一境界，已相去不远，所以我在北平，也不难得些名种。所以每到菊花季，我一定把书房几间房子，高低上下，用各种盆子，陈列百十盆上品。有的一朵，有的两朵，至多是三朵，我必须调整得它可以"上画"。在菊花旁边，我用其他的秋花、小金鱼缸、南瓜、石头、蒲草、水果盘、假古董（我玩不起真的），甚至一个大芜菁，去做陪衬，随了它的姿态和颜色，使它形式调和。到了晚上，亮着足光电灯，把那花影照在壁上，我可以得着许多幅好画。屋外走廊下，那不用提，至少有两座菊花台（北平寒冷，菊花盛开时，院子里已不能摆了）。

我常常招待朋友，在菊花丛中，喝一壶清茶谈天。有时，也来二两白干，闹个菊花锅子，这吃的花瓣，就是我自己培养的。若逢到下过一场浓霜，隔着玻璃窗，看那院子里满地铺了槐叶，太阳将枯树影子，映在窗纱上，心中干净而轻松，一杯在手，群芳四绕，这情调是太好了，你别以为我奢侈，一笔所耗于菊者，不超过二百元也。写到这里，望着山窗下水盂里一朵断茎"杨妃带醉"，我有点黯然。

第五章

待归来时话衷肠，不必诉离殇

我不愿送人，亦不愿人送我。

对于自己真正舍不得离开的人，离别的那一刹那像是开刀，

凡是开刀的场合照例是应该先用麻醉剂，使病人在迷蒙中度过那场痛苦，

所以离别的苦痛最好避免。

一个朋友说：

"你走，我不送你；你来，无论多大风多大雨，我要去接你。"

我最赏识那种心情。

不速之客 / 郑振铎

这里离上海虽然不过一天的路程，但我们却以为上海是远了，很远了；每日不再听见隆隆的机器声，不再有一堆一堆的稿子待阅，不再有一束一束来往的信件。这里有的是白云，是竹林，是青山，如果镇日地靠在红栏杆上，看看山，看看田野，看看书，那么，便可以完全与外面的世界隔绝。偶然地听着鸟声磔格磔格的啭着，或一只两只小鸟，如疾矢似的飞过槛外，或三五丛蝉声曼长地和唱着，却更足以显示出山中的静谧来。

然而我们每天却有两次或三次是要与上海及外面世界接触的；一次便是早晨八时左右邮差的降临，那是照例总有几封信及一束日报递来的。如果今天邮差迟了一点来，或没有信件，我们心里便有些不安逸。

"我有信没有？"一见绿衣人的急步噔噔噔的上了楼，便这样地问；有时在路上见了，那时时间是更早，也便以这样的问题问他。

他跑得满头是汗，从邮袋中取了信件日报出来，便又匆匆地转身下楼了。我到了山中不到三天，已与这个邮差熟悉。因为每次送这一带地方邮件的总是他。据他说，今年上山的人不到三百。因为熟悉了，在中途向他要信时，他当然不会不给的。

再一次是下午一时左右；那时带了外面的消息来的，又是邮差，且又是同样的那一个邮差，不过这一次是靠不住的，有时来，有时不来。

最后一次是夜间九十时左右，那时是上海或杭州的旅客由山下坐了轿子来的时候。因为滴翠轩的一部分是旅馆，所以常常有旅客来。我的房间隔壁，有两间空房，后面也有一间，这几个房间的住客是常常更换的。有时是官僚，有时是军人，有时是教育家，有时是学生，——我还曾在茶房扫除房间时，见到一封住客弃掉的诉说大学生生活的苦闷的信——有时是商人；有时是单身，有时是带了女眷。虽然我是不大同他们攀谈的，但见了他们的各式各样的脸，各式各样的举动，也颇有趣。不过他们来时，往往我们已经睡了。第二天一清晨，便听见老妈子们纷纷传说来的是什么样的人。有时，坐谈得迟了，便也看见他们的上山。大约每一两夜总有一批人来。一见轿夫挑夫的喧语、呼唤茶房的声音、楼梯上杂乱匆促的足步声，便知山客是又多了几个了。有时，坐在廊前，也看见对山有灯火荧荧的移动。老妈子们便道："又有人上山了。"刘妈道："一个，两个，还有一个，妈妈呀，轿子多着呢！今天来的人真不少呀！"这些人当然不是到滴翠轩来的，因为到滴翠轩是走老路近，而对山却是新路，轿夫们向来不走的。走新路的，都是到岭上各处别墅上去的。

第一次第二次的外面消息，是我们所最盼望的，因为载来的是与我们有关的消息。尤其热忱的来候着的是我。因为，簌没有和我同来，我几次写信去，总催她快些上山来。上海太热，是其一因，还有……

别离，那真不是轻易说的。如果你偶然孤身作客在外，如果你不是怕见你那母夜叉似的妻，如果你没有在外眷恋了别一个女郎，你必定会时时地想思到家中的她，必定会有一种说不出的离情别绪萦挂在心头的，必定会时时的因事，因了极小极小的事，而感到一种思乡或思家之情怀的。那是每个人都是这个样子的，无庸其讳言。即使你和她向来并不怎么和睦，常常要口角几声，隔了几天，且要大闹一次的，然而到了别离之后，你却在心头翻腾着对于她的好感。别离使你忘了她的坏处。而只想到了她，特别是她的好处。也许你们一见间，仍然再要口角，再要拍桌子、摔东西的大闹，然而这时却有一根极坚固极大的无形的情线把你和她牵住，要使你们互相接近。你到了快归家时，你心里必定是"归心似箭"，你到了有机会时，必定要立刻地接了她出来同住。有几个朋友，在外间当教员的，一到暑假，经过上海回家时，必定是极匆忙地回去，多留一天也不肯。"他是急于要和他夫人见面呢。"大家都嘲笑似的谈着。那不必笑，换了你，也是要如此的。

这也无庸讳言，我在这里，当然的，时时要想念到她。我写了好几封信给她，去邀她来。"如果路上没有伴，可叫江妈同来。"但她回了信，都说不能来。我们大约每天总有一封信来往，有时是两封信，然而写了信，读了信，却更引起了离别之感。偶然她有一天没有信来，那当然是要整天的不安逸的。

"铎，你不在，我怎么都不舒服，常常的无端生气，还哭了几次呢。你什么时候才能回来呢？"这是她在我走了第二日写来的信。

凄然的离情，弥漫了全个心头，眼眶中似乎有些潮润，良久，良久，还觉得不大舒适。

听心南先生说，有两位女同事写信告诉他，要到山上来住。那是很好的机会，可以与箴结伴同行的。我兴匆匆地写了信去约她。但她们却终于没有成行，当然她也不来了。我每天匆匆地工作着，预备早几天把要做的工做完。她既不能来，还是我早些回去吧。

有一次，我写信叫她寄了些我爱吃的东西来。她回信道，"明后天有两位你所想不到的人上山来，我当把那些东西托他们带上。"

这两位我所想不到的人是谁呢？执了信沉吟了许久，还猜不出。也许是那两位女同事也要来了吧？也许是别的亲友们吧！我也曾写信去约圣陶、予同他们来游玩几天，也许竟是他们吧？

一天过去了，两天过去了，这两位还没有到，我几乎要淡忘了这事。

第三夜，十点钟的光景，我已经脱了衣，躺在床上看书。倦意渐渐迫上眼睑，正要吹灭了油灯，楼梯上突然有一阵匆促的杂乱的足步声，这足步到了房门口，停止了。是茶房的声音叫道：

"郑先生睡了没有？楼下有两位女客要找你。"

"是找我么？"

"她说的是要找你。"

我心头扑扑地跳着。女客？那两位女同事竟来了么？匆匆地穿上了睡衣，黑漆漆地摸到楼梯边，却看不出站在门外的是谁。

"铎，你想得到是我来了么？"这是箴的声音，她由轿夫执的灯笼光中先看见了我。"是江妈伴了我来的。"

这真是一位完全想不到的不速之客！

在山中，我的情绪没有比这一时更激动得厉害的了。

回忆杜鹃 / 张恨水

杜鹃这种鸟，北方少有，但在阴历五六月间，偶然也可以在郊外绿树林中，听到这么一声"不如归去"。所以华北人士对此也不会陌生。

在四川领略了八年的杜鹃啼，当此杜鹃花打着火把，满山遍野开了，杜鹃鸟不分昼夜狂叫的日子，倒让我们有些回忆。

在四川，谁都想家。肚子里有点墨水的人，也都全知道杜鹃是催归鸟。由阴历正月尾起，一直到盛暑的时候为止，在山中，在深谷，甚至在城区，全可听到杜鹃叫，因为心理作用，听了这种叫声，让人发生一种极忱的客怀，我联想着我家人会这样想："应是杜鹃啼不到，蔷薇谢尽未归来。"又想到："愿把此身化杜宇，天涯到处劝人归。"是有人化了杜宇吧？何以这样多？

在天夜半的时候，枕上醒来，那半轮黄黄的斜月，由山窗里照到床前。远远听到"不如归去"之声，一句急似一句，这过去的六七年，常有这个境况。于今想起来，还觉此情难受。四川的杜鹃鸟，又该在昼夜狂啼。我在燕京招着手，多谢你，我回来了。我已见过七十几的老娘了。

旧宅 / 穆时英

谕南儿知悉：我家旧宅已为俞老伯购入，本星期六为其进屋吉
期，届时可请假返家，同往祝贺。切切。

父字十六日

读完了信，又想起了我家的旧宅，便默默地抽一支淡味的烟，
在一种轻淡的愁思里边，把那些褪了色的记忆的碎片，一片片地捡
了起来。

旧宅是一座轩朗的屋子，我知道这里边有多少房间，每间房
间有多少门、多少灯，我知道每间房间墙壁上油漆的颜色、窗纱的
颜色，我知道每间房间里有多少钉——父亲房间里有五枚，我的房
间有三枚。本来我的房间里是一枚也没有的，那天在父亲房间里一
数有五枚钉，心里气不过，拿了钉去敲在床前地板上，刚敲到第四
枚，给父亲听见了，跑上来打了我十下手心，吩咐下次不准，就是
那么琐碎的细事也还记得很清楚。

还记得园子里有八棵玫瑰树，两棵菩提树，还记得卧室窗前有
一条电线，每天早上醒来，电线上总站满了麻雀，冲着太阳歌颂着

新的日子，还记得每天黄昏时，那叫作根才的老园丁总坐在他的小房子里吹笛子，他是永远戴着顶帽结子往下陷着点儿的，肮脏的瓜皮帽的。还记得暮春的下午，时常坐在窗前，瞧屋子外面那条僻静的路上，听屋旁的田野里杜鹃的双重的啼声。

那时候我有一颗清静的心，一间清净的、奶黄色的小房间。我的小房间在三楼，窗纱上永远有着电线的影子。白鸽的影子，推开窗来，就可以看到青天里一点点的、可爱的白斑痕，便悄悄地在白鸽的铃声里怀念着人鱼公主的寂寞，小铅兵的命运。

每天早上一早就醒来了，屋子里静悄悄的没一点人声，只有风轻轻地在窗外吹着，像吹上每一片树叶似的。躺在床上，把枕头底下的《共和国民教科书》第五册掏出来，低低地读十遍，背两遍，才爬下床来，赤脚穿了鞋子走到楼下，把老妈子拉起来叫给穿衣服，洗脸。有时候，走到二层楼，恰巧父亲们打了一晚上牌，还没睡，正在那儿吃点心，便给妈赶回来，叫闭着眼睡在床上，说孩子们不准那么早起来。睡着睡着，捱了半天，实在捱不下去了，再爬起来，偷偷的掩下去，到二层楼一拐弯，就放大了胆达达的跑下去：

"喝，小坏蛋，又逃下来了！"妈赶出来，一把抓回去，打了几下手心才给穿衣服。

跟着妈走到下面，父亲就抓住了给洗脸，闹得一鼻子一耳朵的胰子沫，也不给擦干净。拿手指挖着鼻子孔，望着父亲不敢说话。大家全望着笑。心里气，又不敢怎么着，把胰子沫全抹在妈身上，妈笑着骂，重新给洗脸，叫吃牛奶。吃了牛奶，抹抹嘴，马上就背了书包上学校；妈总说：

"傻子，又那么早上学校去了，还只七点半呢。"

晚上放学回去，总是一屋子的客人，烟酒，和谈笑。父亲总叼着雪茄坐在那儿听话匣子里的"洋人大笑"，听到末了，把雪茄也听掉了，腰也笑弯了，一屋子的客人便也跟着笑弯了腰。父亲爱喝白兰地，上我家来的客人也全爱喝白兰地；父亲爱上电影院，上我家来的客也全爱上电影院；父亲信八字，大家就全会看八字。他们会从我的八字里边看出总统命来。

"世兄将来真是了不得的人物！我八字看多了，就没看见过那么大红大紫的好八字。"

父亲笑着摸我的脑袋，不说话；他是在我身上做着黄金色的梦呢。每天晚上，家里要是没有客人，他就叫我坐在他旁边读书，他闭着眼，抽着烟，听着我。他脸上得意的笑劲儿叫我高兴得一遍读得比一遍响。读了四五遍，妈就赶着叫我回去睡觉。她是把我的健康看得比总统命还要重些的。妈喜欢打牌，不十分管我，要父亲也别太管紧了我，老跟父亲那么说：

"小孩子别太管严了，身体要紧，读书的日子多着呢！"

父亲总笑着说："管孩子是做父亲的事情，打牌才是你的本分。"

真的，妈的手指是为了骨牌生的，这么一来，父亲的客人就全有了爱打牌的太太。我上学校去的时候，她们还在桌子上做中发白的三元梦；放学回来，又瞧见她们精神抖擞地在那儿和双翻了。走到妈的房间里边，赶着梳了辫子的叫声姑姑，见梳了头的叫声丈母；那时候差不多每一个女客人都是我的丈母，这个丈母搂着我心肝、乖孩子的喊一阵子，那个丈母跟我亲亲热热地说一回话，好容易才挣了出来，到祖母房间里去吃莲心粥。是冬天，祖母便端了张小椅子放在壁炉前面，叫我坐着烤火，慢慢儿地吃莲心粥。天慢慢儿地暗下来，炉子里的火越来越红了，我有了一张红脸，祖母也有了一张红脸，坐在黑儿里这喃喃地念佛，也不上灯。看看地上的大黑影子，再看看炉子里烘烘地烧着的红火，在心里边商量着是如来佛大，还是玉皇大帝大；就问祖母：

"奶奶，如来佛跟玉皇大帝谁的法力大？"

祖母笑说："傻子，罪过。"

便不再作声，把地上躺着的白猫抱上，叫睡在膝盖儿上不准动，猫肚子里打着咕噜，那只大钟在后边儿嗒嗒地走，我静静儿地坐着，和一颗平静空寂的心脏一同地。

是夏天，祖母便捉住我洗了个澡，扑得我一脸一脖子的爽身粉，拿着莲心粥坐到园子里的菩提树下，缓缓地挥着扇子。躺在藤椅上，抬起脑袋来瞧乌鸦成堆的打紫霞府下飞过去。那么寂静的夏天的黄昏，藤椅的清凉味，老园丁的幽远的笛声，是怎么也不会忘了的。

一颗颗的星星，夜空的眼珠子似的睁了满天都是，祖母便教我数星：

"牛郎星，织女星，天上有七十六颗扫帚星，八十八颗救命星，九十九颗白虎星，……"

数着数着便睡熟在藤椅里了，醒来时却睡在祖母床上，祖母坐在旁边，拿扇子给我赶蚊子，手里拿着串佛珠，打翻了一碗豆似的，塞塞地念着心经。我一动，她就按着我叫慢着起来说：

"刚醒来，魂灵还没进窍呢。"

便静静地躺在床上。

那只大灯拉得低低的压在桌子上面，灯罩那儿还扎了条大手帕，不让光照到我脸上。桌子上面放了一脸盆水。数不清的青色的小虫绕着电灯飞，飞着飞着就掉到水里边。那些青色的小虫都是我的老朋友，我天天瞧它们绕着灯尽飞，瞧它们糊糊涂涂地掉到水里边。祖母房间里的东西全是我的老朋友，到现在我还记得它们的脸、它们的姿态的：床上的那只铜脚炉生了一脸的大麻子，做人顶诚恳，跟你讲话就像要把心掏出来你看似的；挂在窗前的那柄纱团扇有着轻佻的身子；那些红木的大椅子、大桌子、大箱大柜全生得方头大耳，挺福相的。

躺到七点钟模样，才爬起来，到楼上和妈一同吃饭，每天晚餐里总有火腿汤的。因为我顶爱喝火腿汤，吃了饭，就独自个儿躲在房间里，关上了房门，爬在桌子底下，把一些家私掏出来玩着。我有一只小铁箱，里边放了一颗水晶弹子、一张画片、一只很小的金元宝、一块金锁片、一只水钻的铜戒指、一把小手枪、一枚针——那枚针是我的奶妈的，她死的时候，我便把她扎鞋帮的针偷了来，桌子底下的墙上有一个洞，我的小铁箱就藏在这里边，外面还巧妙地按了层硬纸，不让人家瞧见里边的东西。

抓抓这个，拿拿那个，过了一回，玩倦了，就坐在桌子底下喊老妈子。老妈子走了进来，一面咕噜着：

"这么大的孩子，还要人家给脱衣服。"一面把我按在床上，狠狠地给脱了袜子、鞋子，放下了帐子，把床前的绿纱灯开了，就走了。

躺着瞧那绿纱里的一朵安静的幽光，朦胧地想着些夏夜的花园、笛声、流水、月亮、青色的小虫，又朦胧地做起梦来。

礼拜六，礼拜天，和一些放假的日子也待在家里，那些悠长的、安逸的下午，我总坐在园子里，和老园丁、和祖母一同地；听他们讲一些发了霉的故事、笑话。除了上学校，新年里上亲戚家里拜年，是不准走到这屋子外面去的。我的宇宙就是这座屋子，这座屋子就是我的宇宙，就为了父亲在我身上做着黄金色的梦：

"这孩子，我就是穷到没饭吃，也得饿着肚子让他读书的。"那么地说着，把我当了光宗耀祖的千里驹，一面在嘴犄角儿那儿浮上了得意的笑。父亲是永远笑着的，可是在他的笑脸上有着一对沉思的眼珠子。他是个刚愎，精明，会用心计，又有自信力的人。那么强的自信力！他所说的话从没一句错的，他做的事从没一件错的。时常做着些优美的梦，可是从不相信他的梦只是梦；在他前半世，他没受过挫折，永远生存在泰然的心境里，他是愉快的。

母亲是带着很浓厚的浪漫谛克的气氛的，还有些神经质。她有着微妙敏锐的感觉，会听到人家听不到的声音，看到人家看不到的形影。她有着她自己的世界，没有第二个人能跑进去的世界，可是她的世界是由舒适的物质环境来维持着的，她也是个愉快的人。

祖母也是个愉快的人，我就在那些愉快的人，愉快的笑声里边长大起来。在十六岁以前，我从不知道人生的苦味。

就在十六岁那一年，有一天，父亲一晚上没回来。第二天，放学回去，屋子里静悄悄的没一点牌声、谈笑声，没一个客人，下人们全有着张发愁的脸。父亲独自个儿坐在客厅里边，狠狠地抽着烟，脸上的笑劲儿也没了，两圈黑眼皮，眼珠子深深地陷在眼眶里边。只一晚上，他就老了十年，瘦了一半。他不像是我的父亲；父亲是有着愉快的笑脸，沉思的眼珠子，蕴藏着刚毅坚强的自信力的嘴的。他只是一个颓丧，失望的陌生人。他的眼珠子里边没有光，没有愉快，没有忧虑，什么都没有，只有着白茫茫的空虚。走到祖母房里，祖母正闭着眼在那儿念经，瞧我进去，便拉着我的手，道：

"菩萨保佑我们吧！我们家三代以来没做过坏事呀！"

到母亲那儿去，母亲却躺在床上哭。叫我坐在她旁边，唠唠叨叨地，跟我诉说着：

"我们家毁了！完了，什么都完了！以后也没钱给你念书了！全怪你爹做人太好，太相信人家，现在可给人家卖了！"

我却什么也不愁，只愁以后不能读书；眼前只是漆黑的一片，也想不起以后的日子是什么颜色。

接着两晚上，父亲坐在客厅里，不睡觉也不吃饭，也不说话，尽抽烟，谁也不敢去跟他说一声话；妈躺在床上，肿着眼皮病倒了。一屋子的人全悄悄的不敢咳嗽，踮着脚走路，凑到人家耳朵旁边低声地说着话。第三天晚上，祖母哆嗦着两条细腿，叫我扶着摸到客厅里，喊着父亲的名字说：

"钱去了还会回来的，别把身体糟坏了。再说，英儿今年也十六岁了，就是倒了霉，再过几年，小的也出世了，我们家总不愁饿死。我们家三代没做过坏事啊！"

父亲叹了口气，两滴眼泪，蜗牛似的，缓慢地、沉重地从他眼珠子里挂下来，流过腮帮儿，笃笃地掉到地毡上面。我可以听到它的声音，两块千斤石跌在地上似的，整个屋子，我的整个的灵魂全振动了。过了一回，他才开口道：

"想不到的！我生平没伤过阴，我也做过许多慈善事业，老天对我为什么那么残酷呢！早几天，还是一屋子的客人，一倒霉，就一个也不来了。就是来慰问慰问我，也不会沾了晦气去的。"

又深深地叹息了一下。

"世界本来是那么的。色即是空，空即是色——菩萨保佑我们吧！"

"真的有菩萨吗？嘻！"冷笑了一下。

"胡说！孩子不懂事。"祖母念了声佛，接下去道："还是去躺一回吧。"

八十多岁的老母亲把五十多岁的儿子拉着去睡在床上，不准起来，就像母亲把我按在床上，叫闭着眼睡似的。

过了几天，我们搬家了。搬家的前一天晚上，我把桌子底下的那只小铁箱拿了出来，放了一张纸头在里边，上面写着"应少南之卧室，民国十六年五月八日"，去藏在我的秘密的墙洞里，找了块木片把洞口封住了；那时原怀了将来赚了钱把屋子买回来的心思的。

搬了家，爱喝白兰地的客人也不见了，爱上电影院的客人也不见了，跟着父亲笑弯了腰的客人也不见了，母亲没有了爱打牌的太太们，我没有了总统命，没有了丈母，没有奶黄色的小房间。

每天吃了晚饭，屋子里没有打牌的客人，没有谈笑的客人，一家人便默默地怀念着那座旧宅，因为这里边埋葬了我的童年的愉快，母亲的大三元，祖母的香堂，和父亲的笑脸。只有一件东西父亲没忘了从旧宅里搬出来，那便是他在我身上的金黄色的梦。抽了饭后的一支烟，便坐着细细地看我的文卷，教我学珠算，替我看临的黄庭经。时常说："书算是不能少的装饰品，年纪轻的时候，非把这两件东西弄好不可的。"就是在书算上面，我使他失望了。临了一年多黄庭经，写的字还像爬在纸上的蚯蚓，珠算是稍为复杂一点的数目便会把个十百的位置弄错了的。因为我的书算能力的低劣，对我的总统命也怀疑起来。每一次看了我的七歪八倒的字和莫名其妙的得数，一层铅似的忧郁就浮到他脸上。望着我，尽望着我；望了半天，便叹了口气，倒在沙发里边，揪着头发：

"好日子恐怕不会再回来了！"

我不敢看他的眼珠子，我知道他的眼珠子里边是一片空白，叫我难受得发抖的空白。

那年冬天，祖母到了她老死的年龄，在一个清寒的十一月的深夜，她闭上了眼睑。她死得很安静，没喘气，也没捏拗，一个睡熟了的老年人似的。她最后的一句话是对父亲说的：

"耐着心等吧，什么都是命，老天会保佑我们的。"

父亲没说话，也没淌眼泪，只默默地瞧着她。

第二年春天，父亲眼珠子里的忧郁淡下去了，暖暖的春意好像把他的自信力又带了回来，脸上又有了愉快的笑劲儿。那时候我已经住在学校里，每星期六回来总可以看到一些温和的脸，吃一顿快乐的晚饭，虽说没有客人，没有骨牌，没有白兰地，我们也是一样的装满了一屋子笑声。因为父亲正在拉股子，预备组织一个公司。他不在家的时候，母亲总和我对坐着，一对天真的孩子似他说着发财以后的话：

"发了财，我们先得把旧宅赎回来。"

"我不愿意再住那间奶黄色的小房间了，我要住大一点的。我已经是一个大人咧。"

"快去骗个老婆回来！娶了妻子才让你换间大屋子。"

"这辈子不娶妻子了。"

"胡说，不娶妻子，生了你干吗？本来是要你传宗接代的。"

"可是我的丈母现在全没了。"

"我们发了财，她们又会来的。"

"就是娶妻，我也不愿意请从前上我们家来的客人。"

"那些势利的混蛋，你瞧，他们一个也不来了。"

"我们住在旧宅里的时候，不是天天来的吗？"

"我们住在旧宅里的时候，天天有客人来打牌的。"

"旧宅啊！"

"旧宅啊！"

母亲便睁着幻想的眼珠子望着前面，望着我望不到的东西，望着辽远的旧宅。

"总有一天会把旧宅赎回来的。"

在空旷的憧憬里边，我们过了半个月活泼快乐的日子；我们扔了丑恶的现实，凝视着建筑在白日梦里的好日子。可是，有一天，就像我十六岁时那一天似的，八点钟模样，父亲回来了，和一双白茫茫的眼珠子一同地。没说话，怔着坐了一会儿，便去睡在床上。半晚上，我听到他女人似的哭起来。第二天，就病倒了。那年的暑假，我便在父亲的病榻旁度了过去。

"人真是卑鄙的动物啊！我们还住在旧宅里边时，每天总有两桌人吃饭，现在可有一个鬼来瞧瞧我们没有？我病到这步田地，他们何尝不知道！许多都是十多年的老朋友了，许多还是我一手提拔出来的，就是来瞧瞧我的病也不会损了他们什么的。人真是卑鄙的动物啊！我们还住在旧宅里边时，害了一点伤风咳嗽就这个给请大夫，那个给买药，忙得屁滚尿流——对待自己的父亲也不会那么孝顺的，我不过穷了一点，不能再天天请他们喝白兰地，看电影，坐汽车，借他们钱用罢咧，已经看见我的影子都怕了。要是想向他们借钱，真不知道要摆下怎样难看的脸子！往后的日子长着呢！……"喃喃地诉说着，末了便抽抽咽咽地哭了起来。

这不是病，这是一种抑郁；在一些抑郁的眼泪里边，父亲一天天地憔悴了。

在床上躺了半年，病才慢慢儿的好起来，害了病以后的父亲有了颓唐的眼珠子，蹒跚的姿态，每天总是沉思地坐在沙发里咳嗽着，看着新闻报本埠附刊，静静地听年华的跫音枯叶似的飘过去。他是在等着我，等我把那座旧宅买回来。是的，他是在耐着心等，等那悠长的四个大学里的学年。可是，在这么个连做走狗的机会都不容易抢到的社会里边，有什么法子能安慰父亲颓唐的暮年呢？

我的骨骼一年年地坚实起来，父亲的骨骼一年年地脆弱下去。到了我每天非刮胡髭不可的今年，每天早上拿到剃刀，想起连刮胡髭的兴致和腕力都没有了的父亲，我是觉得每一根胡髭全是生硬地从自己的心脏上面刮下来的。时常好几个礼拜不回去；我怕，我怕他的眼光。他的眼光在——

"喝吧，吃吧，我的血，我的肉啊！"那么地说着。

我是在喝着他的血，吃着他的肉；在他的血肉里边，我加速度地长大起来，他加速度地老了。他的衰颓的咳嗽声老在我耳朵旁边响着，每一口痰都吐在我心脏上面。逃也逃不掉的，随便跑到哪儿，他总在我耳朵旁边咳嗽着，他的抑郁的眼珠子总望着我。

到了星期六，同学们高高兴兴地回家去，我总孤独地待在学校里。下午，便独自个儿坐在窗前，望着寂寞的校园，喑喑地：

"要是在旧宅里的时候，每星期回去可以找到一个愉快的父亲的。"怀念着失去了的旧宅里的童年。"父亲也在怀念着吧？怀念一个旧日的恋人似的怀念着吧！"

六年不见了的旧宅也该比从前苍老得多了。真想再到这屋子里边去看一次，瞧瞧我的老友们，那间奶黄色的小房间，床根那儿的三枚钉，桌子底下墙洞里的小铁箱。接到父亲的信的那星期六下午——是一个晴朗的五月的下午，淡黄的太阳光照得人满心欢喜，父亲的脸色也明朗得多——和父亲一同地去看我们的旧宅，去祝贺俞老伯的进屋吉期。

那条街比从前热闹得多了，我们的屋子的四面也有了许多法国风的建筑物，街旁也有了几家铺子，只是我们的屋子的右边，还是一大片田野，中间那座倾斜的平房还站在那儿，就在腰上多加了一条撑木，粉墙更黝黑了一点。旧宅也苍老了许多，爬在墙上的紫藤已经有了昏花的眼光，那间奶黄的小房间的窗关着，太阳光照在上面，看不出里边窗纱的颜色，外面的百叶窗长了一脸皱纹，伸到围墙外面来的菩提树有了婆娑的姿态。

我们到得很早，客厅里只三个客人，客厅里的陈设和从前差不多，就多了只十二灯的落地无线电收音机。俞老伯不认识我了，从前他是时常到我家来的，搬了家以后，只每年新年里边来一次，今年却连拜年也没来。他见了我，向父亲说：

"就是少南吗？这么大了！"

"日子真容易过，在这儿爬着学走路还像是昨天的事，一转眼已经二十多年了。"

"可不是吗，那时候我们年纪轻，差不多天天在这屋子里打牌打一通夜，现在兴致也没了，精力也没了。"

"搬出了这屋子以后的六年，我真老得厉害啊！"父亲叹息了一下，望着窗外的园子不再做声。

俞老伯便回过身来问我在哪儿念书，念的什么科，多咱能毕业，听我说念的文科，他就劝我改理科，说了一大篇中国缺少科学人才的话。

坐了一回，客人越来越多了，他们谈着笑着。俞老伯说过几天公债一定还要跌，他们也说公债还要跌；俞老伯说东，他们连忙说东，说西，也连忙说西。父亲只默默地坐着，他在想六年前的"洋人大笑"；想那些跟着他爱喝白兰地的客人，跟着他爱上电影院的客人；想他的雪茄；想他的沙发。

"去瞧瞧你的屋子。"父亲站了起来，又对我说，"跟我去瞧瞧吧，六年没来了。"

"你们爷儿俩自己去吧，我也不奉陪了，反正你们是熟路。"俞老伯说。

"对了，我们是熟路。"一层青色的忧郁从父亲的明朗的脸色上面掠了过去。

我跟在他后面，走到客厅后边楼梯那儿。在楼梯拐弯那儿，父亲忽然回过身子来：

"你知道这楼梯一共有几级？"

"五十二级。"

"你倒还记得，这楼梯得拐三个弯，每一个拐弯有十四级。造这屋子是我自己打的图样，所以别的事情不大记得清楚，这屋子里有几粒灰尘我也记得起来的。每一级有两英尺阔，十英寸高，八英尺长，你量一下，一分不会错的。"

说着说着到了楼上，父亲本能地往他房里走去。墙上本来是漆的淡绿色的漆，现在改漆了浅灰的。瞎子似的，他把手摸索着墙壁，艰苦地、一步步地捱进去。他的手哆嗦着，嘴也哆嗦着，低得听不见的话从他的牙齿里边漏出来：

"我们的床是放在那边窗前的，床旁边有一只小机，机上放着只烟灰盘，每晚上总躺在床上抽支烟的。机上还有盏绿纱罩着的灯——还在啊，可是换了红纱罩了。"

走到灯那儿，转轻地摸着那盏灯，像摸一个儿子的脑袋似的。

"他们为什么不把床放在这儿呢？"看看天花板，又仔细地看每一块地板："现在全装了暗线了，地板倒还没有坏，这是抽木镶的，不会坏的，我知道，我知道得很清楚，因为这屋子是我造的，这房间里我睡过十八年，是的，我睡过十八年，十八年，十八年……"

隔壁房间里正在打牌，那间房子本来是母亲的客厅和牌室，大概现在也就是俞太太的客厅和牌室了吧，一些女人的笑声和孩子们的声音很清晰地传到这边来，就像六年前似的。

"再到别的房间去瞧瞧吧。"父亲像稍为平静了些，只是嘴唇还哆嗦着。

走过俞太太的客厅的时候，只见挤满了一屋子的、年轻的、年老的太太们。

"六年前，这些人全是我的丈母呢！"那么地想着。

父亲和俞太太招呼了一下："来瞧瞧你们的新房子。"也不跑进去，直往顶东面从前祖母的房间里走去。像是他们的小姐的闺房，或是他们的少爷的新房，一房间的立体儿的衣橱、椅子、梳妆台，那四只流线式的小沙发瞧过去，视线会从那些飘荡的线条和平面上面滑过去似的。又矮又阔的床前放了双银绸的高跟儿拖鞋，再没有大麻子的铜脚炉了。祖母的红木的大箱大橱全没了！挂观音大士像的地方儿挂一张琼克劳福的十寸签名照片，放香炉的地方放着瓶玫瑰——再没有恬静的素香的烟盘绕着这古旧的房间！我想着祖母的念佛珠，没有门牙的嘴，莲心粥，清净空寂的黄昏。

"奶奶是死在这间屋子里的。"

"奶奶死了也快六年了！"

"上三层楼去瞧瞧吧？"

"去瞧瞧你的房间也好。"

我的房间一点没改动，墙上还是奶黄色的油漆，放一只小床、一辆小汽车，只是没挂窗纱，就和十年前躺在床上背《共和国民教科书》第五册时那么的。推开窗来，窗外的园子里那些小树全长大了，还是八棵玫瑰树，正开了一树的花，窗前那条电线上面，站满了麻雀，吱吱喳喳的闹。十年前的清净的心，清净的小房间啊！我跑到桌子底下想找那只小铁箱，可是那墙洞已经给砌没了。床根那儿的三枚钉却还在那儿，已经秃了脑袋，发着钝光。

"那三枚钉倒还在这儿！"看见六年不见的老友，高兴了起来。

父亲忽然急急地走了出去，"我们去吧。"头也不回地直走到下面，也没再走到客厅里去告辞，就跑了出去。到了外面，他的步伐又慢了起来，低着脑袋，失了知觉地走着。

已经是黄昏时候，人的轮廓有点模糊，我跟在父亲后边，也不敢问他可要雇车，正在为难，瞧见他往前一冲，要摔下去的模样，连忙抢上去扶住了他的胳膊。他站住了靠在我身上咳嗽起来，太阳穴那儿渗出来几滴冷汗。咳了好一会才停住了，闭上了眼珠子微微地喘着气，鼻子孔里慢慢儿地挂下一条鼻涎子来。

"爹爹，我们叫辆汽车吧？"我凑到他耳朵旁边低声地说——
天哪，我第一次瞧见他的鬓发真的已经斑白了。

他不说话，鼻涎子尽挂下来，挂到嘴唇上面也没觉得。

我掏出手帕来，替他抹掉了鼻涎，扶着他慢慢儿地走去。

我的彼得 [1] / 徐志摩

新近有一天晚上，我在一个地方听音乐，一个不相识的小孩，约莫八九岁光景，过来坐在我的身边，他说的话我不懂，我也不易使他懂我的话，那可并不妨事，因为在几分钟内我们已经是很好的朋友，他拉着我的手，我拉着他的手，一同听台上的音乐。他年纪虽则小，他音乐的兴趣已经很深：他比着手势告我他也有一张提琴，他会拉，并且说哪几个是他已经学会的调子。他那资质的敏慧、性情的柔和、体态的秀美，不能使人不爱；而况我本来是喜欢小孩们的。

但那晚虽则结识了一个可爱的小友，我心里却并不快爽；因为不仅见着他使我想起你，我的小彼得，并且在他活泼的神情里我想见了你，彼得，假如你长大的话，与他同年龄的影子。你在时，与他一样，也是爱音乐的；虽则你回去的时候刚满三岁，你爱好音乐的故事，从你襁褓时起，我屡次听你妈与你的"大大"讲，不但是十分的有趣可爱，竟可说是你有天赋的凭证，在你最初开口学话

---

[1] 彼得，徐志摩与前妻张幼仪生的第二个孩子，生于德国，故又名德生，1925 年三岁时死于柏林。

的日子，你妈已经写信给我，说你听着了音乐便异常的快活，说你在坐车里常常伸出你的小手在车栏上跟着音乐按拍；你稍大些会得淘气的时候，你妈说，只要把话匣开上，你便在旁边乖乖地坐着静听，再也不出声不闹：——并且你有的是可惊的口味，是贝德花芬 ①是槐格纳 ② 你就爱，要是中国的戏片，你便盖没了你的小耳，决意不让无意味的锣鼓，打搅你的清听！你的大大（她多疼你！）讲给我听你得小提琴的故事：怎样那晚上买琴来的时候，你已经在你的小床上睡好，怎样她们为怕你起来闹赶快灭了灯亮把琴放在你的床边，怎样你这小机灵早已看见，却偏不作声，等你妈与大大都上了床，你才偷偷地爬起来，摸着了你的宝贝，再也忍不住的你技痒，站在漆黑的床边，就开始你"截桑柴"的本领，后来怎样她们干涉了你，你便乖乖的把琴抱进你的床去，一起安眠。她们又讲你怎样欢喜拿着一根短棍站在桌上模仿音乐会的导师，你那认真的神情常常叫在座人大笑。此外还有不少趣话，大大记得最清楚，她都讲给我听过；但这几件故事已够见证你小小的灵性里早长着音乐的慧根。实际我与你妈早经同意想叫你长大时留在德国学习音乐；——谁知道在你的早殇里我们不失去了一个可能的毛赞德（Mozart）③：在中国音乐最饥荒的日子，难得见这一点希冀的青芽，又教命运无情的脚跟踏倒，想起怎不可伤？

　　彼得，可爱的小彼得，我"算是"你的父亲，但想起我做父亲

---

① 贝德花芬，通译贝多芬（1770–1827），德国作曲家。
② 槐格纳，通译瓦格纳（1813–1883），德国作曲家。
③ 毛赞德，通译莫扎特（1756–1791），奥地利作曲家，自幼随父学琴，有音乐"神童"之称。

的往迹，我心头便涌起了不少的感想；我的话你是永远听不着了，但我想借这悼念你的机会，稍稍疏泄我的积愫，在这不自然的世界上，与我境遇相似或更不如的当不在少数，因此我想说的话或许还有人听，竟许有人同情。就是你妈，彼得，她也何尝有一天接近过快乐与幸福，但她在她同样不幸的境遇中证明她的智断、她的忍耐，尤其是她的勇敢与胆量；所以至少她，我敢相信，可以懂得我话里意味的深浅，也只有她，我敢说，最有资格指证或相诠释——在她有机会时——我的情感的真际。

但我的情愫！是怨，是恨，是忏悔，是怅惘？对着这不完全、不如意的人生，谁没有怨，谁没有恨，谁没有怅惘？除了天生颟顸的，谁不曾在他生命的经途中——葛德①说的——和着悲哀吞他的饭，谁不曾拥着半夜的孤衾饮泣？我们应得感谢上苍的是他不可度量的心裁，不但在生物的境界中他创造了不可计数的种类，就这悲哀的人生也是因人差异，个个不同，——同是一个碎心，却没有同样的碎痕，同是一滴眼泪，却难寻同样的泪晶。

彼得我爱，我说过我是你的父亲。但我最后见你的时候你才不满四月，这次我再来欧洲你已经早一个星期回去，我见着的只你的遗像，那太可爱，与你一撮的遗灰，那太可惨。你生前日常把弄的玩具——小车、小马、小鹅、小琴、小书——你妈曾经件件的指给我看，你在时穿着的衣、褂、鞋、帽，你妈与你大大也曾含着眼泪从箱里理出来给我抚摩，同时她们讲你生前的故事，直到你的

---

① 葛德，通译歌德（1749-1832），德国诗人。

影像活现在我的眼前，你的脚踪仿佛在楼板上踹响。你是不认识你
父亲的，彼得，虽则我听说他的名字常在你的口边，他的肖像也常
受你小口的亲吻，多谢你妈与你大大的慈爱与真挚，她们不仅永远
把你放在她们心坎的底里，她们也使我——没福见着你的父亲，知
道你，认识你，爱你，也把你的影像、活泼、美慧、可爱，永远镂
上了我的心版。那天在柏林的会馆里，我手捧着那收存你遗灰的锡
瓶，你妈与你七舅站在旁边止不住滴泪，你的大大哽咽着，把一个
小花圈挂上你的门前——那时间我，你的父亲，觉着心里有一个尖
锐的刺痛，这才初次明白曾经有一点血肉从我自己的生命里分出，
这才觉着父性的爱像泉眼似的在性灵里汨汨地流出；只可惜是迟
了，这慈爱的甘液不能救活已经萎折了的鲜花，只能在他纪念日的
周遭永远无声的流转。

　　彼得，我说我要借这机会稍稍爬梳我年来的郁积；但那也不见
得容易；要说的话仿佛就在口边，但你要它们的时候，它们又不在
口边：像是长在大块岩石底下的嫩草，你得有力量翻起那岩石才能
把它不伤损的连根起出——谁知道那根长得多深！是恨，是怨，是
忏悔，是怅惘？许是恨，许是怨，许是忏悔，许是怅惘。荆棘刺入
了行路人的胫踝，他才知道这路的难走；但为什么有荆棘？是它们
自己长着，还是有人存心种着的？也许是你自己种下的？至少你不
能完全抱怨荆棘：一则因为这道是你自愿才来走的；再则因为那刺
伤是你自己的脚踏上了荆棘的结果，不是荆棘自动来刺你。——但
又谁知道？因此我有时想，彼得像你倒真是聪明：你来时是一团活
泼、光亮的天真，你去时也还是一个光亮、活泼的灵魂；你来人间

真像是短期的作客，你知道的是慈母的爱，阳光的和暖与花草的美丽，你离开了妈的怀抱，你回到了天父的怀抱，我想他听你欣欣的回报这番作客——只尝甜浆，不吞苦水——的经验，他上年纪的脸上一定满布着笑容——你的小脚踝上不曾碰着过无情的荆棘，你穿来的白衣不曾沾着一斑的泥污。

但我们，比你住久的，彼得，却不是来作客；我们是遭放逐，无形的解差永远在后背催逼着我们赶道：为什么受罪，前途是哪里，我们始终不曾明白，我们明白的只是底下流血的胫踝，只是这无恩的长路，这时候想回头已经太迟，想中止也不可能，我们真的羡慕，彼得，像你那谪期的简净。

在这道上遭受的，彼得，还不止是难，不止是苦，最难堪的是逐步相迫的嘲讽，身影似的不可解脱。我既是你的父亲，彼得，比方说，为什么我不能在你的生前，日子虽短，给你应得的慈爱，为什么要到这时候，你已经去了不再回来，我才觉着骨肉的关连？并且假如我这番不到欧洲，假如我在万里外接到你的死耗，我怕我只能看作水面上的云影，来时自来，去时自去：正如你生前我不知欣喜，你在时我不知爱惜，你去时也不能过分动我的情感。我自分不是无情，不是寡恩，为什么我对自身的血肉，反是这般不近情的冷漠？彼得，我问为什么，这问的后身便是无限的隐痛；我不能怨，我不能恨，更无从悔，我只是怅惘，我只能问！明知是自苦的揶揄，但我只能忍受。而况揶揄还不止此，我自身的父母，何尝不赤心地爱我；但他们的爱却正是造成我痛苦的原因：我自己也何尝不笃爱我的亲亲，但我不仅不能尽我的责任，不仅不曾给他们想望的快乐，我，他们的独子，也不免加添他们的烦愁，造作他们的痛苦，这又是为什么？在这里，我也是一般的不能恨，不能怨，更无从悔，我只是怅惘——我只能问。昨天我是个孩子，今天已是壮年：昨天腮边还带着圆润的笑涡，今天头上已见星星的白发；光阴带走的往迹，再也不容追赎，留下在我们心头的只是些揶揄的鬼影；我们在这道上偶尔停步回想的时候，只能投一个虚圈的"假使当初"，解嘲已往的一切。但已往的教训，即使有，也不能给我们利益，因为前途还是不减启程时的渺茫，我们还是不能选择自由的途径——到那天我们无形的解差喝住的时候，我们唯一的权利，我猜想，也只是再丢一个虚圈更大的"假使"，圆满这全程的寂寞，那就是止境了。

立秋后 / 老舍

去年来青岛，已是秋天。秋水秋山，红楼黄叶，自是另一番风味；虽未有见到夏日的热闹，可是秋夜听潮，或海岸独坐，亦足畅怀。

秋去冬来，野风横吹，湿冷入骨；日落以后，市上海滨俱少行人；未免觉得寂苦。

春到甚迟，直到樱花开了，才能撤去火炉，户外活动渐渐增多，可是春假里除了崂山旅行，也还想不出更好的办法。

六七月之间才真看到青岛的光荣，尤其是初次看到，更觉得有点了不得。可是一两星期过去，又仿佛没有什么了：士女是为避暑而来，自然表现着许多洋习气，以言文化，乃在蔻丹指甲与新奇浴衣之间，所谓浪漫，亦不过买票跳舞，喝冷咖啡而已。闭户休息，寂寞不减于冬令，自叹命薄福浅！

有一件事是可喜的，即夏日有会友的机会。别已二年五载，忽然相值，相与话旧，真一乐事。再说呢，一向糊口四方，到处受女人的招待，今则反落为主，略尽地主之谊，也能更明白些交友的道理。况且此地是世外桃源，平日少见寡闻，于今各处朋友带来各处消息，心泉渐活，又回到人间，不复梦梦。

立秋以后，别处天气渐凉，此地反倒热起来；朋友们逐渐走去，车站码头送别，"明夏再来呀！"能不黯然销魂！

送行 / 梁实秋

"黯然销魂者，别而已矣。"遥想古人送别，也是一种雅人深致。古时交通不便，一去不知多久，再见不知何年，所以南浦唱支骊歌，灞桥折条杨柳，甚至在阳关敬一杯酒，都有意味。李白的船刚要启碇，汪伦老远的在岸上踏歌而来，那幅情景真是历历如在目前。其妙处在于纯朴真挚，出之以潇洒自然。平夙莫逆于心，临别难分难舍。如果平常我看着你面目可憎，你觉着我语言无味，一旦远离，那是最好不过，只恨世界太小，唯恐将来又要碰头，何必送行？

在现代人的生活里，送行是和拜寿送殡等等一样的成为应酬的礼节之一。"揪着公鸡尾巴"起个大早，迷迷糊糊的赶到车站码头，挤在乱哄哄人群里面，找到你的对象，扯几句淡话，好容易耗到汽笛一叫，然后鸟兽散，吐一口轻松气，噘着大嘴回家。这叫作周到。在被送的那一方面，觉得热闹，人缘好，没白混，而且体面，有这么多人舍不得我走，斜眼看着旁边的没人送的旅客，相形之下，尤其容易起一种优越之感，不禁精神抖擞，恨不得对每一个送行的人要握八次手，道十回谢。死人出殡，都讲究要有多少亲友执绋，表示恋恋不舍，何况活人？行色不可不壮。

悄然而行似是不大舒服，如果别的旅客在你身旁耀武扬威的与送行的话别，那会增加旅中的寂寞。这种情形，中外皆然。Max Beerbohm[1]写过一篇《谈送行》，他说他在车站上遇见一位以演剧为业的老朋友在送一位女客，始而喁喁情话，俄而泪湿双颊，终乃汽笛一声，勉强抑止哽咽，向女郎频频挥手，目送良久而别。原来这位演员是在做戏，他并不认识那位女郎，他是属于"送行会"的一个职员。凡是旅客孤身在外而愿有人到站相送的，都可以到"送行会"去雇人来送。这位演员出身的人当然是送行的高手，他能放进感情，表演逼真。客人纳费无多，在精神上受惠不浅。尤其是美国旅客，用金钱在国外可以购买一切，如果"送行会"真的普遍设立起来，送行的人也不虞缺乏了。

送行既是人生中所不可少的一桩事，送行的技术也便不可不注意到。如果送行只限于到车站码头报到，握手而别，那么问题就简单，但是我们中国的一切礼节都把"吃"列为最重要的一个项目。一个朋友远别，生怕他饿着走，饯行是不可少的，恨不得把若干天的营养都一次囤积在他肚里。我想任何人都有这种经验，如有远行而消息外露（多半还是自己宣扬），他有理由期望着饯行的帖子纷至沓来，短期间家里可以不必开伙。还有些思虑更周到的人，把食物携在手上，亲自送到车上船上，好像是你在半路上会要挨饿的样子。

---

[1] 通译马克斯·比尔博姆（1872-1956），英国散文家，剧评家，漫画家。

我永远不能忘记最悲惨的一幕送行。一个严寒的冬夜，车站上并不热闹，客人和送客的人大都在车厢里取暖，但是在长得没有止境的月台上却有黑查查的一堆送行的人，有的围着斗篷，有的戴着风帽，有的脚尖在洋灰地上敲鼓似的乱动，我走近一看，全是熟人，都是来送一位太太的。车快开了，不见她的踪影，原来在这一晚她还有几处饯行的宴会。在最后的一分钟，她来了。送行的人们觉得是在接一个人，不是在送一个人，一见她来到大家都表示喜欢，所有惜别之意都来不及表现了。她手上抱着一个孩子，吓得直哭，另一只手扯着一个孩子，连跑带拖，她的头发蓬松着，嘴里喷着热气，像是冬天载重的骡子，她顾不得和送行的人周旋，三步两步的就跳上了车。这时候车已在蠕动。送行的人大部分都手里提着一点东西，无法交付，可巧我站在离车门最近的地方，大家把礼物都交给了我："请您偏劳给送上去罢！"我好像是一个圣诞老人，抱着一大堆礼物，我一个箭步窜上了车，我来不及致辞，把东西往她身上一扔，回头就走，从车上跳下来的时候，打了几个转才立定脚跟。事后我接到她一封信，她说：

那些送行的都是谁？你丢给我那一堆东西，到底是谁送的？我在车上整理了好半天，才把那堆东西聚拢起来打成一个大包袱。朋友们的盛情算是给我添了一件行李。我愿意知道哪一件东西是哪一位送的，你既是代表送上车的，你当然知道，盼速见告。

计开：水果三筐，泰康罐头四个，果露两瓶，蜜饯四盒，饼干四罐，豆腐乳四罐，蛋糕四盒，西点八盒，纸烟八听，信纸、信封一匣，丝袜两双，香水一瓶，烟灰碟一套，小钟一具，衣料两块，酱菜四篓，绣花拖鞋一双，大面包四个，咖啡一听，小宝剑两把……

　　这问题我无法答覆，至今是个悬案。

　　我不愿送人，亦不愿人送我。对于自己真正舍不得离开的人，离别的那一刹那像是开刀，凡是开刀的场合照例是应该先用麻醉剂，使病人在迷蒙中度过那场痛苦，所以离别的苦痛最好避免。一个朋友说："你走，我不送你；你来，无论多大风多大雨，我要去接你。"我最赏识那种心情。

送仿吾的行 / 郁达夫

夜深了，屋外的蛙声、蚯蚓声，及其他的杂虫的鸣声，也可以说是如雨，也可以说是如雷。几日来的日光骤雨，把庭前的树叶，催成作青葱的广幕，从这幕的破处，透过来的一盏两盏的远处大道上的灯光，煞是凄凉，煞是悲寂。你要晓得，这是首夏的后半夜，我们只有两个人，在高楼的回廊上默坐，又兼以一个是飘零在客，一个是门外天涯，明朝晨鸡一唱，仿吾就要过江到汉口去上轮船去的。

天上的星光撩乱，月亮早已下山去了。微风吹动帘衣，幽幽的一响，也大可竖人毛发。夜归的瞎子，在这一个时候，还在街上，拉着胡琴，向东慢慢走去。啊啊，瞎子！你所求的，究竟是什么东西，为的是什么呀？瞎子过去了，胡琴声也听不出来了，蛙声蚯蚓声杂虫声，依旧在百音杂奏；我觉得这沉默太压人难受了，就鼓着勇气，叫了一声：

"仿吾！"

这一声叫出之后，自家也觉得自家的声气太大，底下又不敢继续下去。两人又默默地坐了几分钟。

顽固的仿吾，你想他讲出一句话来，来打破这静默的妖围，是办不到的。但是这半夜中间，我又讲话讲得太多了，若再讲下去，恐怕又要犯起感伤病来。人到了三十，还是长吁短叹，哭己怜人，是没出息的人干的事情；我也想做一个强者，这一回却要硬它一硬，怎么也不愿意再说话。

亭铜，亭铜，前边山脚下女尼庵的钟磬声响了，接着又是比丘尼诵《法华经》的声音，木鱼的声音。

"那是什么？"

仍复是仿吾一流的无文采的问语。

"那是尼姑庵，尼姑念经的声音。"

"倒有趣得很。"

"还有一个小尼姑哩！"

"有趣得很！"

"若在两三年前，怕又要做一篇极浓艳的小说来做个纪念了。"

"为什么不做哩？"

"老了，不行了，感情没有了！"

"不行！不行！要是这样，月刊还能办么？"

"那又是一个问题。"

"看沫若，他才是真正的战斗员！"

"上得场去，当然还可以百步穿杨。"

"不行，这未老先衰的话！"

"还不老么？有了老婆，有了儿子。亲戚朋友，一天一天的少下去。走遍天涯，到头来还是一个无聊赖！"

仿吾兀的不响了，我不觉得讲得太过分了。以年纪而论，仿吾还比我大。可怜的赋性愚直的这仿吾，到如今还是一个童男。去年他哥哥客死在广东。千里长途，搬丧回籍，一直弄到现在，他才能出来。一家老的老，小的小，侄儿侄女，十多个人，责任全负在他的肩上。而现在，我们因为想重把"创造"兴起，叫他丢去了一切，来干这前途渺茫的创造社出版部的大事业。不怕你是一块石，不怕你是一个鱼，当这样的微温的晚上，在这样的高危的楼上，看看前后左右，想想过去未来，叫他怎么能够坦然无介于怀？怎么能够不黯然泪落呢。

朋友的中间，想起来，实在是我最利己。无论如何的吃苦，无论如何的受气，总之在创造社根基未定之先，是不该一个人独善其身地跑上北方去的。有不得已的事故，或者有可托生命的事业可干的时候，还不要去管它，实际上盲人瞎马，渡过黄河，渡过扬子江后，所得到的结果，还不过是一个无聊。京华旅食，叩了富儿的门，一双白眼，一列白牙，是我的酬报。现在想起来，若要受一点人家的嘲笑、轻侮、虐待，那么到处都可以找得到，断没有跑几千里路的必要。像田舍诗人彭思一流的粗骨，理应在乡下草舍里和黄脸婆娘蒋恩谈谈百年以后的空想，做两句乡人乐诵的歌诗，预备一块墓地、两块石碑，好好儿的等待老死才对。爱丁堡有什么？那些老爷太太小姐们，不过想玩玩乡下初出来的猴子而已，她们哪里晓得什么是诗？听说诗人的头盖骨，左边是突起的，她们想看看看。听说诗人的心有七个窟窿，她们想数数看。大都会！首善之区！我和乡下的许多盲目的青年一样，受了这几个好听的名字的骗，终于离开了情逾骨肉的朋友，离开了值得拼命的事业，骑驴走马，积了满身尘土，在北方污浊的人海里，游泳了两三年。往日的亲朋星散，创造社成绩空空，只今又天涯沦落，偶尔在屈贾英灵的近地，机缘凑巧，和老友忽漫相逢，在高楼上空谈了半夜雄天，坐席未温，而明朝又早是江陵千里，不得不南浦送行，我为的是什么？我究在这里干什么呢？

我的确有点伤感起来了。栏外的杜鹃，又只是"不如归去，不如归去"的在那里乱叫。

"仿吾，你还不睡么？"

"再坐一会！"

我不能耐了，就不再说话，一个人进房里去睡了觉。仿吾一个人在回廊上究竟坐到了什么时候才睡？他一个人坐在那深夜黑暗的回廊上，究竟想了些什么？这些事情，大约只有他一个人知道。第二天早晨，天还未亮的时候，他站在我的帐外，轻轻地叫我说：

"达夫！你不要起来，我走了。"

一九二五年五月二十三日招商公司的下水船，的确是午前六点钟起锚的。

怀魏握青君 / 朱自清

　　两年前差不多也是这些日子吧，我邀了几个熟朋友，在雪香斋给握青送行。雪香斋以绍酒著名。这几个人多半是浙江人，握青也是的，而又有一两个是酒徒，所以便拣了这地方。说到酒，莲花白太腻，白干太烈；一是北方的佳人，一是关西的大汉，都不宜于浅斟低酌。只有黄酒，如温旧书，如对故友，真是醇醇有味。只可惜雪香斋的酒还上了色；若是"竹叶青"，那就更妙了。握青是到美国留学去，要住上三年；这么远的路，这么多的日子，大家确有些惜别，所以那晚酒都喝得不少。出门分手，握青又要我去中天看电影。我坐下直觉头晕。握青说电影如何如何，我只糊糊涂涂听着；几回想张眼看，却什么也看不出。终于支持不住，出其不意，哇地吐出来了。观众都吃一惊，附近的人全堵上了鼻子；这真有些惶恐。握青扶我回到旅馆，他也吐了。但我们心里都觉得这一晚很痛快。我想握青该还记得那种狼狈的光景吧？

　　我与握青相识，是在东南大学。那时正是暑假，中华教育改进社借那儿开会。我与方光焘君去旁听，偶然遇着握青；方君是他的同乡，一向认识，便给我们介绍了。那时我只知道他很活动，会交际而已。匆匆一面，便未再见。三年前，我北来作教，恰好与他同事。我初到，许多事都不知怎样做好；他给了我许多帮助。我们同住在一个院子里，吃饭也在一处。因此常和他谈论。我渐渐知道他不只是很活动，会交际；他有他的真心，他有他的锐眼，他也有他的傻样子。许多朋友都以为他是个傻小子，大家都叫他老魏，连听差背地里也是这样叫他；这个太亲昵的称呼，只有他有。

但他决不如我们所想的那么"傻"，他是个玩世不恭的人——至少我在北京见着他是如此。那时他已一度受过人生的戒，从前所有多或少的严肃气氛，暂时都隐藏起来了；剩下的只是那冷然的玩弄一切的态度。我们知道这种剑锋般的态度，若赤裸裸地露出，便是自己矛盾，所以总得用了什么法子盖藏着。他用的是一副傻子的面具。我有时要揭开他这副面具，他便说我是《语丝》派。但他知道我，并不比我知道他少。他能由我一个短语，知道全篇的故事。他对于别人，也能知道；但只默喻着，不大肯说出。他的玩世，在有些事情上，也许太随便些。但以或种意义说，他要复仇；人总是人，又有什么办法呢？至少我是原谅他的。

以上其实也只说得他的一面；他有时也能为人尽心竭力。他曾为我决定一件极为难的事。我们沿着墙根，走了不知多少趟；他源源本本、条分缕析地将形势剖解给我听。你想，这岂是傻子所能做的？幸亏有这一面，他还能高高兴兴过日子；不然，没有笑，没有泪，只有冷脸，只有"鬼脸"，岂不郁郁的闷煞人！

我最不能忘的，是他动身前不多时的一个月夜。电灯灭后，月光照了满院，柏树森森地竦立着。屋内人都睡了；我们站在月光里，柏树旁，看着自己的影子。他轻轻地诉说他生平冒险的故事。说一会，静默一会。这是一个幽奇的境界。他叙述时，脸上隐约浮着微笑，就是他心地平静时常浮在他脸上的微笑；一面偏着头，老像发问似的。这种月光，这种院子，这种柏树，这种谈话，都很可珍贵；就由握青自己再来一次，怕也不一样的。

　　他走之前，很愿我做些文字送他；但又用玩世的态度说，"怕不肯吧？我晓得，你不肯的。"我说，"一定做，而且一定写成一幅横披——只是字不行些。"但是我惭愧我的懒，那"一定"早已几乎变成"不肯"了！而且他来了两封信，我竟未覆只字。这叫我怎样说好呢？我实在有种坏脾气，觉得路太遥远，竟有些渺茫一般，什么便都因循下来了。好在他的成绩很好，我是知道的；只此就很够了。别的，反正他明年就回来，我们再好好地谈几次，这是要紧的。——我想，握青也许不那么玩世了吧。

盛会思良友 / 张恨水

在南京当新闻记者的时候，我们二三十个朋友，另外成了一群，以年龄论，这一群人，由四十多岁到十几岁，以职业论，由社长到校对，可说是极平等忘年又忘形的一个集合。这个集合，并没有哪个任联络员，也没有什么条例规定，更没有什么集会的场合与时间。可是这一群人，每日总有三四个人或七八个人，在一处不期而会，简直是金圣叹那话："毕来之日甚少，非甚风雨，而尽不来之日亦少。"（见《水浒》金伪托施耐庵序）会面的地方，大概不外四五处，夫子庙歌场或酒家，党公巷汪剑荣家（照相馆主人，亦系摄影记者），城北湖北路医生叶古红家，新街口酒家，中正路南京人报或华报，中央商场绿香园。除了在酒家会面，多半是受着人家招待而外，其余都是互为宾主，谁高兴谁就掏钱，谁没钱也就不必虚谦，叨扰过之后，尽管扬长而去。反正谁掏得出钱谁掏不出钱，大家明白，毋须做样。

这种集合，都在业余，我们也并不冒犯"群居终日，言不及义"的嫌疑。若不受招待，那就人多了，闹酒是必然的举动，我在座，有时实在皱了眉感到不像话，常是把醉人抬出酒家，用黄包车拖了回去。可是这个醉人，明日如有集会场合，还照来一次。自然这就噱头很多，如黄社长在大三元向歌女发脾气，踢翻了席面（有大闹狮子楼的场面、非常火炽），巨头记者在皇后酒家，用英语代表南京记者演说之类，常思之十日，不能毕其味。

说到别的集会呢，或者是喝杯酽茶，吃几个烧饼，或者吃顿便饭，或者听一场大鼓书，或者来一段皮簧。自然，有人会邀着打一场麻将。但一打麻将，是另一种局面，至少像我这种人，就告退了。有时偶然也会风雅一点，如邀伴到后湖划船，在莫愁湖上联句作诗之类，只是这带酸味的玩意，年轻朋友，多半不来。这里面也免不了女性点缀，几个文理相当通的歌女，随着里面叫干爹叫老师，年轻的几位朋友，索性和歌女拜把子。哄得厉害！但我得声明一句，他们这关系完全建筑在纯洁的友谊上。有铁一般的反证，就是我们既无钱也无地位。

我们也有几个社外社员（因为他们并非记者），如易君左、卢冀野、潘伯鹰等约莫六七位朋友也喜欢加入我们这集会。大概以为我们这种玩法，虽属轻松，却不下流。所以我们流落在重庆的一部分朋友，谈到了往事，都感到盛会不常，盛筵难再，何以言之！因为这些朋友，有的死了，有的不知消息了，有的穷得难以生存了。

私塾师 / 陆蠡

今年的春天，我在一个中学里教书。学校的所在地是离我的故乡七八十里的山间，然而已是邻县了。这地方的形势好像畚箕的底，三面环山，前一面则是通海口的大路。这里是天然的避难所和游击战的根据地。学校便是为了避免轰炸，从近海的一个城市迁来的。

我来这里是太突兀。事前自己并未想到，来校后别人也不知道。虽则这地方离我家乡不远，因为山乡偏僻，从来不曾到过。往常，这一带是盗匪出没的所在，所以如没有什么要事，轻易不会跑到这山窝里来。这次我来这学校，一半是感于办学校的师友的盛意，另一半则是因为出外的路断了，于是我便暂时住下来。

这里的居民说着和我们很近似的乡音，房屋建筑形式以及风俗习惯都和家乡相仿。少小离乡的我，住在这边有一种异常亲切之感。倘使我不是在外间羁绊着许多未了的职务，我真甘愿长住下去。我贪美这和平的一个角落，目前简直是归隐了，没有访问，没有通信，我过着平淡而寂寞的日子。

有一天，一位同学走进我的房间，说是一位先生要见我。

这使我很惊讶。在这里，除了学校的同事外，我没有别的朋友。因为他们还不曾知道我。在这山僻地方有谁来找我呢？我疑惑着。我搜寻我的记忆，摸不着头脑，而这位先生已跨进来了。

他是一位年近六十的老人，一瞥眼我就觉得很熟识，可是一时想不起来。我连忙让坐、倒茶、递烟、点火，我借种种动作来延长我思索的时间，我不便请教他的尊姓，因为这对于素悉的人是一种不敬。我仔细分析这太熟识的面貌上的每一条皱纹，我注意他的举止和说话的声音，我苦苦地记忆。忽然我叫起来。

"兰畦先生！"

见我惊讶的样子，他缓慢地说：

"还记得我吧？"

"记得记得。"

我们暂时不说话。这突然的会面，使我一时找不出话端，我平素是那么木讷。我呆了好久。

兰畦先生是我幼年的私塾师。正如他的典型的别号所表示，他代表一批"古雅"的人物。他也有着"古雅"的面孔：古铜色的脸，端正的鼻子，整齐的八字胡。他穿了一件宽大的蓝布长衫，外面罩着墨布马褂。头上戴一顶旧皮帽，着一双老布棉鞋。他手里拿了一根长烟管，衣襟上佩着眼镜盒子——眼镜平常是不用的——他的装束，是十足古风的。这种的装束，令人一望而知他是一个山里人，这往往成为轻薄的城里人嘲笑的题材，他们给他一个特别的名称"清朝人"，这便是"遗民"的意思。

他在我家里坐馆，是二十多年前的事。现在我想起私塾的情

239

形，恍如隔了一整个世纪。那时我是一个很小的孩子，父亲把他的希望和他的儿子关在一起，在一座空楼内，叫这位兰畦先生督教。我过的是多么寂寞的日子啊！白天不准下楼，写字读书，读书写字。兰畦先生对我很严厉：破晓起床，不洗脸读书；早饭后背诵，点句，读书，写字；午饭后也是写字，读书；天黑了给我做对仗，填字。夜间温课，熬过两炷香。我读着佶屈聱牙的句子，解说着自己不懂而别人也不懂的字义。兰畦先生有时还无理地责打我，呵斥我，我小小的心中起了反感和憎恨。我恨他的人，恨他的长烟管，恨他的戒尺，但我最恨的是他的朱笔，它点污了我的书，在书眉上记下日子，有时在书面上记下责罚。于是我便把写上难堪字样的书面揉烂。

自他辞馆后，我立意不再理睬他，不再认他做先生，不想见他的面。真的，当我从外埠的中学念书回来，对于他的严刻还未能加以原谅。

现在，他坐在我的面前，还是那副老样子。二十多年前的老样子。他微笑地望着，望着他从前责打过的孩子。这孩子长大了，而且也做了别人的教师。他在默认我的面貌。

"啊，二十多年了！"终于我说了出来。

"二十多年，你成了大人，我成了老人。"

"身体好么？"

"穷骨头从来不生病。我的父亲还在呢，九十左右了，仍然健步如飞。几时你可以看到他。"他引证他一家人都是有极结实的身体。

"真难得，我祖父在日，也有极健康的老年。"我随把他去世的事情告诉他。

"他是被人敬爱的老人。你的父母都好么？"

"好。"

"姐妹们呢？"

"都好。"

他逐个地问着我家庭中的每一人。这不是应酬敷衍，也不是一种噜苏，是出于一种由衷的关切。他不复是严峻的塾师，倒是极温蔼的老人了。随后我问他怎样会到这里来，怎会知道我，他微笑了。他一一告诉我，他原要到离此十几里的一个山村去，是顺路经过此地的。他说他是无意中从同学口里听到我在这里教书，他想看看隔了二十多年的我是怎个样子，看看我是否认得他。他说他看到我很高兴，又说他立刻就要动身，一面站起来告辞。

"住一两天不行么？"我挽留他。

"下次再有机会，现在我得走。"他伸手去取他的随身提篮。

我望着这提篮，颇有几斤重量，而且去那边的山岭相当陡峻，我说，"送先生去吧。"

"不必，不必。你有功课，我自己去。"他推辞着。他眉宇间却露出一种喜悦，是一种受了别人尊敬感觉到的喜悦。

我坚执要送他。我说好久不追随先生了，送一程觉得很愉快。我说我预备请一点钟假，因为上午我只有一课，随时可补授的。

窗外，站着许多同学，交头接耳地在议论些什么，好像是猜测这位老先生和我的关系。

　　我站起来，大声地向他们介绍，说这位是我的先生，我幼年的教师。他现在要到某村去，我要送他。我预备请一点钟假。

　　同学中间起了窃窃的语声。看他们的表情，好像说："你有了这样的一位教师，不见得怎么光荣。"

　　于是我又向他们介绍："这是我的先生。"

　　我们走了。出校门时，有几位同学故意问我到哪里去，送的是我的什么人，我特地大声回答，我送他到某村去，他是我的先生。

　　路上，我们有着琐碎的谈话。他问起我：

　　"你认得 ××× 么？他做了旅长了。"

　　"不大认得。"

　　"×× 呢，他是法政大学毕业的，听说做了县长。"

　　"和我陌生。我没读过法政。"

　　"××，你应该认得的。"

　　"我的记性太坏。"

　　"××，你的同宗。"

　　"影像模糊，也许会过面。"

　　"还有 ××？"

　　"只知其名，未识其面。"

　　"那么你只记得我？"

　　"是的。记得先生。"

　　他微嘘一口气。好像得到一种慰藉。他，他知道，他是被人遗忘的一个。很少有人记得他，尊敬他的。他是一个可怜的塾师。

　　"如果我在家乡住久些，还想请先生教古文呢。从前念的都还给先生了。"我接着带笑说。

"太客气了。现在应该我向你请教了。"

这句话并没有过分。真的，他有许多地方是该向我请教了。当他向我诉说他家境的寒苦，他仍不得不找点糊口之方，私塾现在是取消了，他不得不去找一个小学教员的位置；他不得不丢开四书五经，拿起国语常识；他不得不丢下红朱笔，拿起粉笔；他不得不离开板凳，站在讲台上；他是太老了，落伍了，他被人家轻视、嘲笑，但他仍不得不忍受这一切；他自己知道不配做儿童教师，他所知道的新知识不见得比儿童来得多，但是他不得不哄他们，骗他们，把自己不知道的东西告诉他们；言下他似不胜感喟。

"现在的课本我真弄不来。有一次说到'咖啡'两字，我不知道这是什么东西。我只就上下文的意义猜说'这是一种饮料'，这对么？"

"对的。咖啡是一种热带植物的果实，可以焙制饮料，味香，有提神的功用。外国人日常喝的，我们在外边也常喝的。还有一种可可，和这差不多，也是一种饮料。"

"还有许多陌生字眼，我不知怎解释，也不知怎么读。例如气字底下做个羊字，或是圣字，金旁做个乌字或白字，这不知是些什么东西？"

"这是一些化学名词，没读过化学的人，一时也说不清楚，至于读音，顺着半边去读就好了。"

他感慨了。他说他这般年纪，是应该休息了。他不愿意坑害人家子弟，把错误的东西教给孩子们。他说他宁愿做一个像从前一样的塾师，教点《幼学琼林》或是《书经》《诗经》之类。

"先生是应该教古文而不应该教小学的。"我说。

"是的，小学比私塾苦多了。这边的小学，每星期二三十点钟，一年的薪金只有几十块钱，自己吃饭。倒不如坐馆舒服得多！"

我知道这情形。在这山乡间，小学仍不过是私塾的另一个形式。通常一个小学只有一个教师，但也分成好几年级，功课也有许多门：国语、常识、算术、音乐、体操等。大凡进过中学念过洋书的年轻人，都有着远大的梦想，不肯干这苦职业，于是这被人鄙视的位置，只有失去了希望的老塾师们肯就。我的先生，自从若干年前私塾制废除后，便在这种"新私塾"里教书了。

"现在你到 × × 干什么呢？"我还不知道他去那边的目的。

"便是来接洽这里的小学位置哟！"好像十分无奈似的。忽然他指着我头上戴的帽子，问：

"像这样的帽子要多少钱一顶？"

"大约五六块钱。"我回答。

"倘使一两块钱能买到便好了。我希望能够有一顶。"

"你头上的皮帽也很合适。"我说。

"天热起来了，还戴得住么？"

说话间我们走了山岭的一半。回头望望，田畴村舍，都在我们的脚下。他于是指着蟠腾起伏的峰岭和点缀在绿色的田野间的像雀巢般的村舍，告诉我那些村庄和山岭的名字。不久，我们踅过了山头。前面，在一簇绿色的树林中显露出几座白垩墙壁。"到了。"他对我说，他有点微喘。我停住脚步，将手中提篮交给他，说我不进去，免得打扰人家。他坚要我进去吃了午饭走，我固执地要回校。他于是吐出他最后的愿望，要我在假期中千万到他家去玩玩，住一宿，谈一回天，于他是愉快的。他将因我的拜访而觉得骄傲。他把去他家的路径指点给我，并描出他屋前舍后的景物，使我便于找寻，但我的脑里却想着他所说的帽子，我想如何能在冬季前寄给他。它应是如何颜色，如何大小，我把这些问得之后，回身下山走了。

我下山走。我心里有一种矛盾的想头：我想到这位老塾师，又想到他所教的一批孩子。"他没有资格教孩子，但他有生存的权利。"我苦恼了。我又想中国教育的基础，最高学府建筑在不健全的小学上，犹如沙上筑塔——我又联想到许多个人和社会的问题，忽然听到脑后有人喊：

"喂，向左边岔路走哪。"

原来我信步走错了一条路。这路，像个英文的 Y 字母，来时觉得无岔路，去时却是两条。我回头，望见我的先生，仍站在山头上，向我挥手。

"我认识路的，再见，先生。"我重向他挥手。

图书在版编目（CIP）数据

我想做一个能在你的葬礼上描述你一生的人 . 3 / 季
羡林等著 . -- 北京：台海出版社，2020.11
ISBN 978-7-5168-2780-2

Ⅰ . ①我… Ⅱ . ①季… Ⅲ . ①散文集－中国 Ⅳ .
① I126

中国版本图书馆 CIP 数据核字（2020）第 203711 号

我想做一个能在你的葬礼上描述你一生的人 . 3

著　　者：季羡林　等

出 版 人：蔡　旭　　　　　　　　装帧设计：胡椒设计
责任编辑：姚红梅

出版发行：台海出版社
地　　址：北京市东城区景山东街 20 号　邮政编码：100009
电　　话：010 — 64041652（发行、邮购）
传　　真：010 — 84045799（总编室）
网　　址：www.taimeng.org.cn/thcbs/default.htm
E - mail：thcbs@126.com

经　　销：全国各地新华书店
印　　刷：天津光之彩印刷有限公司
本书如有破损、缺页、装订错误，请与本社联系调换

开　　本：880 毫米 × 1230 毫米　　　1/32
字　　数：180 千字　　　　　　　　　印　张：8
版　　次：2020 年 11 月第 1 版　　　印　次：2020 年 11 月第 1 次印刷
书　　号：ISBN 978-7-5168-2780-2

定　　价：45.00 元